LE PETIT LIVRE...

LA FIANCÉE DE L'ESPION

$$\overset{8^o}{}Y^2 = 6030\lambda$$

(120)

UN VOLUME COMPLET 20 CENTIMES

LA FIANCÉE DE L'ESPION

LA FIANCÉE DE L'ESPION

GRAND ROMAN PATRIOTIQUE INÉDIT

Par ARNOULD GALOPIN

CHAPITRE PREMIER

L'INSTITUTEUR DE THANN

— Je vous dis, moi, qu'ils ne tiendront pas devant les nôtres... d'ailleurs, les événements ne viennent-ils pas de le prouver ?

Et celui qui avait prononcé ces mots, un grand vieillard à la figure sèche, aux yeux bleus pétillants d'énergie, frappa vigoureusement sur la table de son poing maigre et nerveux...

— Tout ça, c'est très joli, père Muller, fit un jeune homme blond qui se tenait assis à droite du vieillard, mais vous ne devez pas ignorer non plus que les Allemands sont des hommes, eux lard qui venait de se rasseoir et se tenait enfoncé dans son fauteuil, la tête basse, la mine renfrognée.

— Non, mon garçon... non, je ne t'en veux pas... car, je suis sûr que ce que tu as dit tout à l'heure, tu ne le penses pas... Tu es un bon Alsacien, toi aussi, et je suis certain que, s'il le faut, tu feras ton devoir.

— Certes, papa Muller... je suis prêt à faire mon devoir... Je ne demeurerai pas ici inactif pendant que les autres se font tuer...

Et il accompagna ces paroles d'un signe de tête énergique.

Peut-être était-il sincère !... Peut-être aussi avait-il compris qu'il ne faisait pas bon contredire le père Muller.

Le vieillard était tenace et ne transigeait jamais sur la question de patriotisme.

Depuis quarante-cinq ans qu'il était instituteur à Thann, le père Muller avait déjà vu défiler dans son école plusieurs générations d'Alsaciens auxquels il avait su inculquer la haine de l'Allemand et l'amour de la chère patrie mutilée.

Bien que les autorités allemandes eussent interdit la langue française dans les écoles, souvent, un peu avant la fin de la classe, le vieil instituteur jetait un regard par la fenêtre pour s'assurer que personne ne rôdait dans les environs et, alors, quand il était bien sûr de ne pas être épié, sa plus grande joie était de parler à ses jeunes élèves cette bonne langue de France qui semblait si douce à son vieux cœur d'annexé.

Cependant, malgré toutes les précautions prises par le vieillard, des indiscrétions avaient été commises et le père Muller était tenu pour suspect.

Il n'était pas de vexations qu'on ne lui fît endurer, mais le bonhomme supportait tout sans se plaindre, confiant qu'il était en un avenir meilleur.

Si certains, par lassitude ou par lâcheté avaient rayé de leur vocabulaire le mot de REVANCHE, lui n'avait pas oublié qu'un poteau-frontière noir et blanc était, depuis 1870, planté sur la vieille terre française à quelques mètres du village où il était né et, jamais, il n'avait pu le regarder ce poteau maudit sans qu'une larme perlât à sa paupière.

Longtemps, le cœur meurtri, il avait vécu dans l'attente, confiant en des jours meilleurs et voici que, tout à coup, l'horizon s'éclairait du côté de l'ouest, que les troupes de France envahissaient les Vosges, escaladaient pics et ravins et pénétraient en Alsace.

Déjà, elles s'étaient établies à Sainte-Marie-aux-Mines, avaient pénétré à Dannemarie et poursuivaient vers l'est leur marche victorieuse.

Le vieil instituteur se sentait revivre.

Bien qu'il eût dépassé la soixantaine, il brûlait

'de se battre, comme un jeune homme, et il avait fallu toute l'insistance, toute la tendresse de sa chère Madeleine, sa fille bien-aimée, pour le retenir au foyer.

Et pourtant, ce foyer jusqu'alors si paisible, n'allait-il pas bientôt être bouleversé !

Ne faudrait-il pas renoncer aux rêves que l'on croyait déjà près de se réaliser !

Madeleine, l'enfant adorée du père Muller était à la veille d'épouser Wilhelm, ce jeune Alsacien dont nous venons de faire connaissance.

Les deux jeunes gens s'aimaient depuis longtemps et bien que le fiancé n'eût point toutes les sympathies du vieil instituteur, il avait cependant continué à faire sa cour à Madeleine.

Maintenant, tout s'écroulait !

Wilhelm allait être obligé de partir.

Où irait-il ?

Serait-il forcé de prendre du service dans l'armée allemande ou bien, cédant à un généreux élan de patriotisme, franchirait-il la frontière pour aller s'engager dans les troupes françaises ?

II

LE TOCSIN

Les Français avancent toujours.

Après une marche qui avait été un triomphe et dans laquelle ils avaient refoulé avec un courage et un entrain endiablés les lourds bataillons bavarois, ils approchaient de Thann.

Le feu de patriotisme qui couvait dans la petite cité alsacienne s'était rallumé comme par enchantement ; un enthousiasme indicible s'était emparé des jeunes et des vieux.

On s'apprêtait à recevoir à bras ouverts les petits soldats de France et plus d'un drapeau français soigneusement caché dans un coffre, au grenier, avait été sorti de sa gaine.

Le pauvre cher drapeau tricolore qui était depuis si longtemps remplacé par l'étendard noir, blanc et rouge, allait de nouveau flotter aux fenêtres des maisons !

Il y avait huit jours que Wilhelm avait quitté la petite maison de Thann pour s'engager dans les rangs français. Aussi, cette décision avait-elle ravi le vieil instituteur qui avait, à la longue, fini par douter des sentiments patriotiques de son futur gendre.

Et ç'avait été une grande joie pour le vieillard qui n'avait pas de fils à donner à la patrie...

.   .   .   .

Ce soir-là, le père Muller et sa fille Madeleine étaient assis devant la table de la salle à manger ; leur repas, frugal comme un repas de guerre, venait de prendre fin, quand on frappa tout à coup à la porte.

— Entrez, dit le vieil instituteur.

La porte s'ouvrit et deux enfants firent leur apparition.

Ils portaient le costume des paysans d'Alsace.

L'un pouvait avoir treize ans, l'autre douze.

— Tiens, Fritz !... et toi aussi, mon bon Jacques ! s'écria l'instituteur, que venez-vous donc m'annoncer ?

Les deux gamins se tenaient debout dans l'embrasure de la porte, tournant leurs casquettes d'un air embarrassé.

Ce fut Fritz qui prit la parole :

— Monsieur Muller, dit-il...

Mais telle était son émotion que les mots s'arrêtèrent dans sa gorge.

Le vieillard s'était levé.

— Eh bien, parle, dit-il en s'avançant... Qu'y a-t-il ?

— Monsieur Muller, articula Fritz... les Prussiens sont près d'ici...

— Les Prussiens ?... Tu es fou, Fritz... Ne sais-tu pas qu'ils ont été refoulés avant-hier au delà des plaines de Thann ?...

— Je ne sais, répondit l'enfant qui avait repris toute son assurance, mais ce que je puis vous affirmer, c'est que je les ai vus...

— Où cela ?

— Près du bois de Schwartzen...

— Tu as cru les voir, mais tu t'es trompé, mon ami.

— Non pas, monsieur Muller, je suis sûr que ce sont eux, et la meilleure preuve, c'est qu'un de leurs officiers m'a parlé...

Le vieil instituteur était devenu très pâle.

On voyait qu'il avait peine à maîtriser son émotion.

— Voyons, assieds-toi, dit-il à Fritz et raconte-moi ce que tu as vu...

L'enfant, sans paraître remarquer la chaise que lui avançait le vieil instituteur, reprit d'une voix rapide :

— Voici... Tantôt, Jacques et moi, nous étions allés chercher des mûres dans le bois de Schwartzen, du côté de la source de Klingel. Nous nous étions glissés entre les buissons, quand tout à coup, nous avons aperçu des casques à pointe parmi le feuillage, et presque aussitôt un officier s'est avancé vers nous : « Que faites-vous là ? nous a-t-il demandé en allemand. » Je lui ai répondu que nous cherchions des mûres, mais il n'a pas voulu me croire... « Tu nous espionnes », a-t-il dit... Et, comme je protestais, il m'a empoigné par le bras et m'a poussé dans l'intérieur du bois pendant que deux soldats s'emparaient de mon frère. J'ai compris que nous étions prisonniers. Un moment, j'ai eu l'idée de résister, de chercher à fuir, mais les Prussiens étaient nombreux... Je crois qu'ils avaient avec eux de l'artillerie dissimulée derrière un tertre... On nous avait laissés libres et je me demandais ce que l'on allait faire de nous, quand une voix que j'ai bien cru reconnaître, a dit subitement :

— Ces gosses-là pourront vous servir de guides, car ils connaissent merveilleusement le pays.

« Alors, j'ai regardé celui qui parlait, et j'ai reconnu...

— Qui as-tu reconnu ? demanda le père Muller, anxieux.

Fritz hésitait.

Il balbutia tout d'abord, puis après avoir jeté un coup d'œil à son frère, il répondit :

— J'ai... cru reconnaître un habitant de Thann.

Le vieil instituteur secoua la tête d'un air de doute.

— Tu t'es trompé, mon enfant, dit-il. Il n'y a

pas à Thann un homme capable de servir d'espion aux ennemis de la France.

Fritz fixa le père Muller, puis, jeta un coup
d'œil du côté de Madeleine.

On devinait qu'il avait quelque chose à dire,
une révélation à faire, mais qu'il n'osait pas.

Le vieillard entraîna le gamin dans un angle
de la pièce, et lui dit à voix basse :

— Parle... explique-toi... Quel est celui que tu
as cru reconnaître ?

Fritz répondit :

— Celui que j'ai vu, c'est Wilhelm...

— Tu en es sûr ? fit le vieillard en serrant les
poings.

— Oui... affirma l'enfant, j'en suis sûr. J'ai tout
d'abord eu peine à le reconnaître, car sa figure
était à moitié dissimulée sous la visière de son
casque, mais quand il a parlé, le doute n'a plus
été possible... C'est bien Wilhelm que j'ai vu...
Je vous le jure sur ce que j'ai de plus sacré au
monde.

— Le misérable ! grogna le vieux Muller...
j'aurais dû m'en douter... Il les soutenait trop !
Au lieu de se mettre du côté des Français, il est
allé avec eux ! Ah ! le bandit ! s'il me tombe sous
la main... je le tue comme un chien.

— Qu'avez-vous, père ? demanda Madeleine in-
quiète, de la fureur subite qui s'était emparée de
son père.

— Rien, mon enfant... rien, répondit le vieillard...

Puis, se tournant vers Fritz, il reprit vivement en s'efforçant de maîtriser son émotion :

— Et comment es-tu parvenu à t'enfuir ?

— Voici... l'officier qui commandait le détachement a appelé quatre uhlans et leur a dit : « Vous allez suivre ces enfants et vous remarquerez bien le chemin qu'ils vous feront prendre. Quand vous serez à l'entrée du village, vous rebrousserez chemin aussitôt et vous ramènerez les petits avec vous. Surtout, ne les laissez pas échapper, car ils nous trahiraient. Ayez l'œil sur eux et s'ils essaient de fuir, tuez-les sans pitié... »

— Et alors ? questionna le père Muller.

— Alors, nous sommes partis. Jacques et moi nous marchions devant les cavaliers. Je vous assure que nous n'étions guère rassurés... pourtant, je me disais : « Je ne puis cependant pas les conduire au village, leur indiquer le chemin qu'il faut prendre pour pénétrer dans Thann par les sentiers... Je me suis rapproché de mon frère : « Courage ! Jacques, lui ai-je soufflé à l'oreille... observe bien tout ce que je ferai et imite-moi... surtout, n'hésite pas une seconde. »

« Au tournant de la route qui conduit à Steinbach, il y a, vous le savez, un petit bois de noisetiers... Sans prendre le temps de réfléchir, j'ai saisi la main de mon frère et je l'ai entraîné dans les taillis.

« Les uhlans ont tiré sur nous ; nous avons entendu les balles siffler à nos oreilles, mais nous étions déjà loin. Les cavaliers ne pouvaient nous suivre dans les broussailles avec leurs chevaux... Nous avons couru de toutes nos forces et nous sommes enfin arrivés au calvaire qui domine la route de Thann... nous étions sauvés !

— Braves enfants ! s'écria le père Muller en embrassant l'un après l'autre, les deux petits Alsaciens... Vous êtes de bons Français, vous !

— Dame, m'sieu Muller, c'est vous qui avez fait notre éducation et nous avons profité de vos conseils. Vous nous disiez toujours qu'il ne faut jamais hésiter à se dévouer pour sa patrie...

Le père Muller considéra un instant ces deux jeunes têtes blondes, ces fronts d'enfants qu'illuminait une flamme d'héroïsme ; puis il prononça :

— C'est bien, mes amis... Vous êtes de braves garçons, mais il ne s'agit pas de perdre un instant. Nos soldats qui se trouvent près d'ici ne se doutent certainement pas que les Allemands s'apprêtent à pénétrer dans notre village... il faudrait les prévenir...

— J'y cours ! s'écria Fritz.

— Attention ! mon petit gars. Les Prussiens doivent se tenir sur leurs gardes.

— Je saurai les éviter, m'sieu Muller. D'ailleurs, je connais le pays mieux qu'eux... Il fait nuit... je puis passer sans que l'on m'aperçoive.

— Mais s'ils te prennent ?

— S'ils me prennent, répondit crânement l'enfant, eh bien ! ils me fusilleront, mais j'aurai fait mon devoir.

Cette fois, le vieil instituteur n'y tint plus.

Il prit, entre ses vieilles mains ridées, la tête blonde de l'héroïque gamin et déposa sur le front de Fritz un baiser dans lequel il mit toute son âme.

— Ecoute, dit-il ensuite, écoute bien ce que je vais te dire, mon cher petit. Il est dangereux de passer par le col de Mehreim... il faut, à tout prix, gagner les bois de Loew et parvenir sur les hauteurs occupées par nos troupes, en longeant le ravin qui se trouve près du plateau de la Guerche... C'est là que se trouvent nos soldats.

— Je connais le chemin, répondit Fritz. Je suis souvent allé par là chercher des nids de pinsons... Dans une demi-heure, m'sieu Muller, je serai près de nos soldats.

Et le courageux enfant allait se mettre en route, quand soudain, des pas lourds résonnèrent sur le pavé de la rue.

Le père Muller ouvrit vivement la fenêtre et ne put réprimer un mouvement de rage en apercevant, sous la clarté de la lune, les casques à pointe des Prussiens.

— Eux !... ce sont eux ! murmura-t-il, trop tard ! mes pauvres enfants... il est trop tard.

Presque aussitôt un tintement sonore, aigu comme un cri de désespoir, déchira brusquement l'air à intervalles rapides et saccadés.

Dans la vieille église de Thann un héros inconnu sonnait le tocsin !...

III

MINUTES D'ANGOISSES

La rage des Allemands ne connut plus de bornes.

Tandis que les uns se précipitaient vers l'église, les autres entraient dans les maisons.

Dès que les crosses des fusils heurtèrent la porte du vieux Muller, ce dernier, avant de songer à lui, pensa aux deux enfants que les Prussiens reconnaîtraient certainement et pour lesquels ils se montreraient impitoyables.

Il les prit par la main et les entraîna précipitamment dans les combles.

— Cachez-vous là, leur dit-il, en les poussant vers une soupente et, quoi qu'il arrive, ne bougez pas....

Puis il redescendit après avoir donné un tour de clef.

Son visage avait repris son calme habituel et
ce fut d'un pas ferme, qu'il alla ouvrir aux soldats.

Un officier prussien entra, en coup de vent, et
se planta insolemment devant le vieillard pendant
que ses hommes, fusil au poing, se tenaient dans
l'embrasure de la porte.

Cet officier était jeune : vingt-cinq ans tout au
plus.

Il portait une longue capote gris-bleu, était
coiffé d'une casquette plate à liséré rouge et
chaussé de bottes en cuir fauve.

Un sabre au fourreau mat, battait à son côté.

Il assujettit son monocle, considéra l'instituteur
d'un air narquois et lui dit d'un ton brutal.

— C'est vous, l'instituteur ?

— Oui, répondit le père Muller en croisant les
bras sur sa poitrine.

— Vous êtes, paraît-il, ce que l'on appelle ici
un « patriote »... je suis bien renseigné... Je sais
que votre fille et vous, entretenez dans ce pays, la
haine de l'Allemand... Vous vous attendiez déjà à
recevoir vos amis de France, mais il faut déchan-
ter, mon bonhomme... les képis rouges n'entre-
ront jamais ici...

« Ah ! vous chantiez déjà victoire ! Tant pis !
vous ne pourrez vous en prendre qu'à vous de ce
qui arrivera. Vous avez voulu faire les malins,
mais vous le paierez cher... que l'on fouille cette
maison de fond en comble...

Madeleine, affolée, s'était jetée dans les bras de son père.

— Ne crains rien, mon enfant, lui dit le vieil instituteur... Nous sommes d'honnêtes gens... on ne peut rien nous reprocher...

— Assez de mots, trancha l'officier en posant sa main sur l'épaule du vieillard. J'ai de fortes raisons pour supposer que vous cachez ici des ennemis... si cela est, je vous préviens que je serai sans pitié...

Le père Muller ne sourcilla pas.

Et cependant, une indicible inquiétude lui poignait le cœur.

Les Prussiens allaient découvrir les deux enfants, ils s'en empareraient et, dans leur rage, les mettraient à mort devant lui sans qu'il pût rien tenter pour les sauver.

Il est de ces situations atroces qui défient toute description.

Pour les sentir, il faut les avoir vécues, avoir éprouvé les transes mortelles du désespoir et de la terreur, avoir en un mot vécu les minutes tragiques qui précèdent toujours les plus affreux drames.

Le père Muller qui était un homme de rare énergie parvenait, grâce à une volonté de fer, à se dominer, à refouler au fond de son cœur le trouble qui l'envahissait.

Quant à Madeleine, elle était plus pâle qu'une morte,

Elle ne quittait pas son père du regard et le vieil instituteur lisait dans les grands yeux bleus de sa fille l'angoisse qui la terrassait.

Il eût voulu lui parler, la rassurer par quelques mots, mais l'officier prussien qui devinait peut-être ce qu'on voulait lui cacher fixait obstinément le père Muller.

On eût dit qu'il s'attendait à voir soudain défaillir son prisonnier, mais il avait compté sans la vaillance du vieil Alsacien.

— Fouillez la cave, dit l'officier en se tournant vers ses soldats.

Ceux-ci, sous la conduite d'un sous-officier, descendirent précipitamment les quelques degrés qui conduisaient au sous-sol.

On les entendit, pendant quelques instants, remuer tonneaux et bouteilles, on perçut même le bruit de bouchons qui sautaient, puis les soldats remontèrent...

— Rien... dit un sous-officier dans l'épaisse moustache blonde duquel on apercevait encore une ligne humide.

— Montons au premier, commanda l'officier.

Et il prit lui-même la tête du détachement.

Madeleine était plus morte que vive.

— Pauvre Fritz !... Pauvre Jacques ! pensait-elle. Ils vont les découvrir et les massacrer.

Quant au vieil instituteur, pour gagner du temps, il s'efforçait de retenir les soldats dans les pièces qu'ils exploraient.

Le moment allait venir où bientôt ils monteraient au grenier.

Malgré toute son énergie, le père Muller sentait peu à peu son courage l'abandonner.

L'officier remarqua sans doute le trouble du vieillard, car il dit tout à coup :

— Allons, il est inutile de nous faire chercher ainsi... livrez-nous ceux qui sont cachés ici et il ne vous sera fait aucun mal.

— Mais... je vous assure, balbutia le vieillard, que je ne donne asile à personne...

— Vous mentez, s'écria la brute allemande... Je vous dis, moi, que vous cachez ici deux jeunes gredins... deux vauriens qui ont voulu se jouer de nous... mais leur affaire est claire... aussitôt pris, aussitôt fusillés !... Allons, ouvrez-moi cette porte.

Le père Muller s'exécuta :

— C'est la chambre de ma fille, dit-il.

Déjà les soldats s'étaient précipités dans la pièce.

Avec cette brutalité, ce sans-gêne et cette goujaterie qui caractérisent le soudard allemand, ils bouleversèrent tout ce qui leur tomba sous la main.

Ils ne se firent même aucun scrupule de vider les tiroirs et de jeter sur le parquet les chers souvenirs de famille conservés précieusement dans des enveloppes ou des coffrets.

Un soldat s'empara d'une montre, un autre enfouit dans les poches de sa tunique deux paires de boucles d'oreille et un petit médaillon en or.

Pour le Teuton, tout est de bonne prise en temps de guerre et les perquisitions sont toujours prétexte à rapines.

L'officier laissait faire.

Quand la chambre eut été explorée de fond en comble, les soldats passèrent dans une autre pièce qui ne tarda pas à être bouleversée comme la première.

Le père Muller qui avait repris un peu d'aplomb regarda l'officier et lui dit :

— Vous voyez bien que je ne cache personne ici...

Le lieutenant ne répondit point. Il regardait de tous côtés avec méfiance.

Tout à coup, il sortit sur le palier, sonda les cloisons avec le pommeau de son sabre et découvrit enfin la petite porte derrière laquelle se trouvait l'escalier du grenier.

— Par ici, cria-t-il, d'une voix vibrante.

Les soldats se précipitèrent et déjà, ils allaient monter à l'étage supérieur quand l'officier les arrêta :

— Attendez, hurla-t-il.

Puis, se tournant vers l'instituteur et sa fille, il leur intima l'ordre de précéder les soldats.

De cette façon, si ceux qui devaient être cachés dans le grenier tentaient de se défendre, ils seraient obligés de tirer d'abord sur l'instituteur et sur sa fille.

C'est toujours le moyen qu'emploient les Allemands quand ils font une perquisition ou lorsqu'ils poussent une reconnaissance.

Ils n'hésitent jamais à placer devant eux vieillards, femmes et enfants, et protégés par ce rempart de poitrines, ils se lancent à l'assaut.

Il faut remonter bien loin dans l'histoire pour trouver des exemples d'une telle sauvagerie...

Les conquérants les plus barbares, tels que les Huns, ou les Wisigoths avaient plus de grandeur d'âme.

Ils s'offraient courageusement aux coups de leurs adversaires et respectaient toujours les faibles.

En plein xxᵉ siècle, dans un monde qui paraît avoir atteint à son apogée de civilisation, les fidèles sujets de Guillaume II se montrent plus cruels que les hordes sauvages qui jadis désolèrent le vieux monde.

Muller et sa fille gravissaient lentement, la mort dans l'âme, les degrés du petit escalier tournant qui conduisait au grenier.

Derrière eux, le fusil à la main, prêts à faire feu, les soldats avançaient lentement, le dos voûté, la tête enfoncée entre les épaules.

Quelques secondes encore et les Allemands allaient découvrir les deux courageux gamins auxquels le brave instituteur avait donné asile.

IV

DÉVOUEMENT SUBLIME

Sur un ordre de l'officier, un soldat ouvrit vivement la petite porte basse du grenier et poussa brutalement devant lui le père Muller et sa fille.

Il y eut un instant d'indicible émotion.

Le vieil instituteur s'attendait à voir surgir Fritz et Jacques, mais, à sa grande stupéfaction, il n'aperçut pas les deux gosses.

Ceux-ci avaient disparu !

Une lucarne était encore ouverte. Le vieil instituteur comprit.

— Les braves enfants ! pensa-t-il.

Puis, comme l'officier furieux de ne pas découvrir ceux qu'il cherchait, fouillait de côté et d'autre, remuant malles et caisses, le père Muller lui dit d'une voix tranquille :

— Vous voyez bien qu'il n'y a personne.

Le lieutenant se retourna brusquement, et regardant le vieillard :

— On m'avait cependant affirmé, dit-il, que deux enfants s'étaient réfugiés chez vous.

— On vous avait trompé, voilà tout, répondit froidement le vieil instituteur.

L'officier, tout penaud, haussa les épaules :

— C'est bien, dit-il, nous verrons... vous vous expliquerez devant le commandant

Le père Muller protesta, mais le lieutenant ne voulut rien entendre.

Peut-être devinait-il qu'il avait été joué...

Pourtant ceux qui l'avaient renseigné paraissaient sûrs de leur fait...

— Avec ces maudits Alsaciens, grommela-t-il, il faut s'attendre à tout...

Et il poussa brutalement le vieillard devant lui.

Une fois en bas, il dit à ceux qui l'accompagnaient :

— Emparez-vous de cet homme et conduisez-le au quartier général. J'ai de sérieuses raisons pour le considérer comme suspect... Il appartient à cette catégorie de « wackes » (1) qui mènent tacitement campagne en faveur de la France... son compte est bon.... allez, qu'on l'emmène.

Madeleine, tout en pleurs, s'était jetée aux pieds de l'officier, mais son père la releva doucement en disant :

1. Mot injurieux qui signifie individu de la pire espèce : voyou, vagabond.

— Ne te désole pas, ma fille, puisque je n'ai rien à me reprocher, que puis-je craindre ?

L'officier éclata de rire :

— Bien sûr, dit-il en français avec un horrible accent... du moment que vous n'avez rien à craindre, vous pouvez nous suivre chez le commandant... D'ailleurs, il saura bien vous faire parler, lui... Il a déjà dû recueillir sur votre compte d'utiles renseignements... allons, en route !

Comme Madeleine s'obstinait, se cramponnant toujours au vieillard, le lieutenant s'écria :

— Qu'on emmène le père et la fille... nous ferons d'une pierre deux coups...

Et, dans la nuit, on entendit bientôt le pas rythmé des soldats, heurtant de leurs lourdes bottes, le pavé du village.

Par instants, un sanglot montait, suivi de soupirs étouffés, et l'on apercevait, à la clarté de la lune, la figure éplorée de Madeleine toujours cramponnée au bras de son père...

Peut-être, avec son intuition de femme, devinait-elle ce qui allait se passer. Elle était d'ailleurs fixée depuis longtemps sur les affreux procédés des Allemands. Elle savait qu'ils fusillaient indifféremment les innocents et les coupables et que les enfants d'Alsace ne trouvaient jamais grâce devant eux.

Dans le village toutes les portes étaient ouvertes et l'on apercevait dans l'intérieur des maisons, les ombres noires des Prussiens se mouvant avec fureur, à la lueur vacillante des lampes.

Partout, c'étaient des cris gutturaux, des commandements brefs, rapides, auxquels se mêlaient les voix suppliantes des femmes, les cris désespérés des enfants.

D'affreux drames se perpétraient dans l'ombre, et déjà plus d'un cadavre était étendu sur le sol, dans une mare de sang.

Et la note lugubre, saccadée du tocsin, continuait à résonner dans l'air lourd, étouffant parfois de sa voix d'airain les mugissements des brutes allemandes, et les appels déchirants de leurs victimes.

Quel était celui qui, bravant la fureur des ennemis, continuait à agiter frénétiquement la cloche de la vieille église de Thann ?

Celui-là était un brave, un de ces hommes auxquels l'approche du danger communique une ardeur inconnue...

Pourtant, c'était un être qui, par sa profession même, devait être étranger à tout ce qui était violence et bataille, car sa mission consistait à prêcher la concorde entre les hommes.

C'était un prêtre.

Il avait nom Stoffel. Depuis près de trente ans, il était curé de Thann.

Tout le monde l'aimait dans la région et ceux

là même qui n'étaient point croyants, se voyaient
obligés de lui serrer la main.

Charitable et bon, paternel et généreux, l'abbé
Stoffel avait pu s'attirer les sympathies de tous.

On disait qu'autrefois, avant d'être curé, il avait
été soldat et qu'il avait fait la campagne de 70
comme officier de dragons.

Des malheurs de famille, et peut-être de cruelles
déceptions l'avaient décidé à entrer dans les
ordres.

Jamais l'abbé Stoffel ne faisait allusion à ce
passé qu'il avait à jamais rayé de son existence.

Grand, robuste, la figure décidée, on se le re-
présentait volontiers avec une belle paire de
moustaches, un casque, un dolman et un pantalon
rouge.

Bien qu'il eût dépassé la soixantaine, il était
encore solide et plus d'un malandrin, qui, le soir,
avait voulu s'attaquer à lui dans les bois de Thann
avait éprouvé la vigueur de sa poigne.

Le brave homme veillait ordinairement très tard
et les marchands qui revenaient en pleine nuit
d'une foire des environs apercevaient toujours,
dès qu'ils avaient atteint le tournant de la route, un
petit rectangle lumineux brillant entre les arbres.

C'était la fenêtre de l'abbé Stoffel.

Le soir où les Prussiens étaient entrés dans
Thann, il était tranquillement assis devant sa table de travail, quand, tout à coup, il avait entendu
des pas lourds, puis un cliquetis d'armes.

Son vieux cœur de patriote avait bondi de joie.

Il avait cru, lui aussi, comme le père Muller, que c'étaient les troupes françaises qui arrivaient.

Mais son illusion avait été de courte durée !

Bientôt, il avait reconnu les Allemands.

Alors, après avoir réfléchi un instant, il avait éteint sa lampe, avait chaussé ses gros souliers, mis son chapeau de feutre noir et il était sorti doucement par la petite barrière de son jardin.

A pas rapides, il avait gagné l'église, distante de sa demeure d'une centaine de mètres, à peine, avait enjambé le mur du cimetière et, arrivé devant la porte de la sacristie, il l'avait ouverte à la hâte, puis refermée soigneusement, et avait gravi les échelons de bois qui conduisaient à la première plate-forme du clocher.

Une fois là, il avait enlevé son chapeau et sa soutane, puis, saisissant la corde de la cloche, il avait résolument sonné le tocsin pour avertir les soldats français, massés dans les environs.

Pour rapide qu'il eût été, son acte était réfléchi.

L'abbé Stoffel savait à quoi il s'exposait en appelant les Français au secours des habitants de Thann.

Il ne se dissimulait pas que, dans quelques minutes, il serait pris et fusillé, mais le brave homme n'avait pas hésité.

Est-ce que sa propre existence comptait quand celle de ses compatriotes était en jeu ?

V

LE MAJOR VON HARTUNG

L'officier allemand qui commandait le régiment prussien se nommait le baron Von Hartung.

C'était un grand vieillard sec, au profil d'oiseau de proie, aux yeux bleus perçants et mauvais.

Il était la terreur de ses hommes qu'il brutalisait à plaisir.

Les officiers qui servaient sous ses ordres, le redoutaient aussi, car le baron Von Hartung, quoique noble seigneur prussien, avait une âme de goujat.

Il giflait ses hommes, les frappait à coups de plat de sabre et ne se gênait nullement pour donner à ses sous-officiers les noms les plus outrageants.

Il incarnait bien la triste personnalité du soudard brutal, abusant de ses galons pour molester ses inférieurs.

C'était le type de la brute allemande dans ce qu'elle a de plus abject.

Forcément, le chef avait déteint sur ses subalternes et le 13e régiment d'infanterie prussienne était réputé pour sa sauvagerie et sa férocité.

Dès que les premiers coups du tocsin avaient frappé ses oreilles, le major avait redressé son long torse et s'était écrié en frappant nerveusement le sol de son talon :

— Je veux que, dans dix minutes, on ait amené devant moi celui qui agite cette maudite cloche.

Puis, il avait ajouté, avec un mauvais sourire :

— Je lui réserve une surprise dont on se souviendra.

Vingt soldats, commandés par un jeune lieutenant que ses camarades avaient surnommé le « Tigre » à cause de sa sauvagerie et de sa cruauté, partirent aussitôt dans la direction de l'église.

— Surtout ne le tuez pas, avait recommandé le baron Von Hartung... Il faut absolument me l'amener vivant... Je veux faire un exemple... il faut que toute leur vie les habitants de ce pays de « wackes » se souviennent du châtiment que j'aurai infligé à leur sonneur de cloches.

Bientôt, l'église fut entourée.

Sans respect pour les morts qui reposaient dans le petit cimetière, les soldats s'étaient blottis derrière les tombes, foulant les sépultures de leurs lourdes bottes.

A la hâte, le lieutenant donna des ordres.

A son commandement, vingt brutes se ruèrent sur la porte de l'église.

Il y eut un craquement sinistre, puis la porte s'abattit avec fracas.

Tels des loups en furie, les Allemands se répandirent dans l'église, mais c'est en vain qu'ils cherchèrent le passage qui menait au clocher. Celui-ci ne communiquait pas avec l'église.

Dans leur rage impuissante, les soldats frappaient les murs avec force, comme s'ils espéraient les abattre, mais ceux-ci étaient en granit et les armes se brisaient sur la pierre !

Le lieutenant avait sur lui une petite lampe électrique qu'il braquait de tous côtés.

Sans respect pour le saint lieu, les soldats avaient renversé le maître-autel ; des statues gisaient sur le sol, parmi les draperies et les ornements sacerdotaux...

Et ce qui augmentait la fureur des Prussiens, c'était de toujours entendre au-dessus d'eux cette cloche qui continuait à tinter par saccades.

Le lieutenant poussa un épouvantable juron et entraîna ses hommes au dehors.

Quelques minutes après, ils finissaient enfin par découvrir la petite porte qui menait au clocher.

Ils l'enfoncèrent et ce fut bientôt dans l'escalier une ruée folle, tumultueuse.

La trappe qui donnait accès à la première

plate forme vola en éclats et les Prussiens se précipitèrent comme des fauves sur le vieux prêtre.

Celui-ci ne fit aucune résistance.

On l'entendit simplement murmurer quelques
mots entre ses lèvres, puis ce fut tout.

La cloche ne tintait plus !

Les soldats, ivres de joie, entraînaient l'abbé
Stoffel dont le dévouement allait peut-être sauver les habitants de Thann !

Lorsque le baron Von Hartung vit devant lui
le prêtre héroïque, il ne put réprimer un mouve
ment de surprise.

Il lui semblait avoir déjà vu devant lui cette
figure de brave homme...

Il fixa longtemps l'abbé Stoffel, puis murmura
entre ses dents :

— Non... Je suis fou... cela est impossible.

Puis, s'adressant au curé :

— Votre nom ? demanda-t-il.

— Stoffel, répondit le prêtre d'un ton calme.

— Stoffel ?

— Oui, fit le prêtre en fixant le major.

Celui-ci n'était plus le même. On voyait qu'il
était troublé, qu'un revirement s'était soudain
produit en lui.

Ses yeux d'acier étaient moins durs, ses façons
moins arrogantes.

Il regarda de nouveau le prêtre, puis semblant
faire un effort sur lui-même, il dit brutalement :

— C'est bien... que l'on garde cet homme à
vue... tout à l'heure, je déciderai de son sort...

L'abbé Stoffel s'inclina, croisa les bras et atten
dit.

On devinait que sa présence gênait le major
Von Hartung...

— Emmenez ce prisonnier, dit-il ; je m'en occu
perai dans un instant...

Et, se tournant vers le père Muller et Madeleine que les soldats venaient d'amener, il demanda :

— Quels sont ces gens-là ?

— Des suspects, répondit le lieutenant qui avait
arrêté le vieil instituteur et sa fille.

— Des suspects ?... quoi d'étonnant à cela. Tout
le monde est suspect dans ce maudit pays d'Al
sace...

Le lieutenant dit quelques mots à voix basse
au major Von Hartung.

— Ah ! très bien, fit-il, oui, je comprends...
Comme ce vieillard est trop lâche pour s'attaquer
à nous, il emploie des enfants pour nous espion-
ner...

— Monsieur, protesta le père Muller.

— Appelez-moi major, s'il vous plaît... est-ce
que vous croyez que j'ai gardé les pourceaux
d'Alsace avec vous... D'abord, découvrez-vous...
Quand on parle à un officier prussien, on ôte
son chapeau.

Et, d'un geste brusque, le baron Von Hartung

fit voler à dix pas le feutre noir du vieil instituteur.

Le père Muller était devenu blême ; une rage
soudaine lui monta au cœur et si sa fille Madeleine ne l'avait pas retenu, il eût, malgré son âge,
bondi sur son insulteur.

Le major haussa les épaules et dit d'un ton narquois :

— Voyez-vous ce vieux débris qui veut faire
de la résistance... Tout à l'heure, mon bonhomme,
quand tu auras devant toi les canons de douze
fusils, nous verrons si tu seras si crâne... Puisque tu es si brave, pourquoi donc ne n'es-tu pas
engagé dans ces bonnes troupes françaises qui
fuient dès qu'elles nous aperçoivent.

— Les soldats français ne fuient jamais, répondit le père Muller.

— La preuve, c'est qu'elles ont entendu le tocsin et qu'au lieu d'accourir à votre secours, elles
demeurent prudemment dans les bois.

— Elles vont venir, vous pouvez en être sûr.

— Alors, nous aurons le plaisir de leur envoyer
une volée de mitraille...

A ce moment, on entendit un galop de chevaux
et trois uhlans apparurent.

L'un d'entre eux mit rapidement pied à terre et
s'approchant respectueusement du baron Von-
Hartung :

— Herr commandant, dit-il en portant la main
droite à la visière de son chapska, nous venons

d'apercevoir les Français... Ils doivent être, en ce moment, à la sortie du bois de la Guerche et ils se dirigent par ici... Deux enfants leur ser vent de guides.

— Deux enfants ?

— Oui, Herr commandant... les deux gamins qui nous ont échappé tantôt.

— Bien... leur compte est bon... à ceux-là... lieutenant Fortsner.

— Mon commandant !

— Faites reformer les rangs.

Le lieutenant, un jeune homme imberbe, sanglé dans sa tunique comme dans un corset, salua militairement et pivotant par principe sur les talons, se dirigea vers les soldats qui avaient formé les faisceaux.

VI

LE BOUCLIER HUMAIN

Le jour se levait... un jour terne, languissant.

Du côté du bois une buée mauve flottait dans l'air.

Lorsque les hommes furent prêts, le major Von Hartung appela de nouveau le lieutenant :

— Fortsner, lui dit-il, rassemblez tous les prisonniers qui sont ici, hommes, femmes et enfants, et faites-les marcher en avant des soldats... ils nous serviront de bouclier et cela nous épargnera la peine de les passer par les armes...

Le lieutenant eut un petit rire et, avec l'aide de deux sous-officiers, força les malheureux captifs à se placer devant la colonne.

Comme deux brutes poussaient devant eux l'abbé Stoffel, le major détourna les yeux pour ne pas rencontrer le regard du prêtre...

Déjà les Prussiens se mettaient en marche avec les prisonniers derrière lesquels ils allaient s'abriter, quand un cri de femme déchira l'air.

Celle qui venait de pousser ce cri, c'était Madeleine, la fille du père Muller...

Derrière elle, au premier rang des soldats allemands, elle venait de reconnaître Wilhelm... son fiancé... Wilhelm, qui, le casque à pointe sur la tête, le fusil au poing, piquait de sa baïonnette, pour les faire avancer, ceux qui, quelques jours auparavant lui serraient affectueusement la main et lui confiaient leurs espérances !...

Il y eut un moment d'indicible émotion, car en même temps que Madeleine, les autres prisonniers, tous habitants de Thann, avaient aussi reconnu Wilhelm.

Ce fut une explosion de menaces et d'injures ; certains tentèrent même de s'élancer sur le misérable qui avait, pendant plusieurs années, trompé la confiance des Alsaciens...

Les captifs, sans exception, oubliaient tous leur propre sort pour ne songer qu'au bandit qui servait maintenant dans les rangs prussiens.

Quel était au juste ce Wilhelm ?

Etait-il Alsacien ?

Etait-il Allemand ?

D'où venait-il ?

Comment était-il arrivé à se faire ainsi admettre dans la ville de Thann ?

Cela remontait à quelques années.

Un matin, les habitants avaient vu arriver un jeune homme d'une vingtaine d'années qui venait, disait-il, rendre visite à son oncle, le père Hanzer.

Celui-ci était mort depuis longtemps déjà et Wilhelm, en apprenant cette nouvelle, parut en proie à un violent désespoir.

Bons et charitables, les Alsaciens avaient essayé de le consoler, apitoyés qu'ils étaient, par la douleur du jeune homme.

Un riche industriel, M. Schwartz, l'avait pris comme comptable, et Wilhelm, qui semblait isolé, abandonné de tous, n'avait pas tardé à retrouver une famille.

En réalité, ce drôle n'était pas un Alsacien.

Il était né à Trêves, dans la Prusse rhénane, et il avait un but en venant à Thann.

Il appartenait à cette catégorie d'espions que les Allemands, en prévision de la guerre future, entretenaient partout en France.

Wilhelm, qui était un joyeux garçon, n'avait pas manqué de s'attirer rapidement les sympathies des habitants de Thann.

Plusieurs maisons lui avaient ouvert leurs portes et le reptile s'était introduit peu à peu chez ceux qu'il s'apprêtait à mordre.

C'est ainsi qu'il avait fait la connaissance du père Muller et qu'il avait peu à peu conquis le cœur de Madeleine.

Cet amour était-il sincère de la part de

Wilhelm ou n'était-ce qu'un prétexte ! Avec un semblable individu, il était permis de douter de tout, même des plus nobles sentiments.

Quoiqu'il en soit, un peu avant la déclaration de guerre, l'attitude de Wilhelm, s'était modifiée.

On le voyait errant de côté et d'autre, un appareil de photographie à la main.

L'espion travaillait pour sa vraie patrie, pour la Prusse !

Un soir, il avait brusquement disparu.

Le vieux Muller et sa fille croyaient qu'il était allé s'engager à Belfort.

En réalité, il s'était rendu à Colmar, où il avait pris du service dans les troupes allemandes...

Il allait renseigner l'ennemi sur une région qu'il avait spécialement étudiée...

Sans respect pour les lois sacrées de l'hospitalité, il allait livrer aux Allemands ceux qui l'avaient traité en fils, en ami !

. . . .

. . . .

. . . .

Le major Von Hartung, craignant que les prisonniers ne se jetassent sur Wilhelm, avait fait passer ce dernier en queue de la colonne et le troupeau humain que les brutes allemandes poussaient lâchement devant elles pour se protéger contre les balles françaises, était contraint de marcher sur une ligne à la rencontre de nos soldats.

Ceux-ci étaient maintenant très visibles.

Ils se trouvaient à un tournant de la route et on les apercevait de biais.

Pourtant, ils ne tardèrent pas à disparaître et le major Von Hartung, inquiet de ce brusque changement de direction, fit arrêter ses hommes.

Il crut tout d'abord que les Français renonçaient à la lutte.

C'est assez dans l'habitude des Allemands de se croire invincibles, de se figurer que leurs casques à pointe, terrorisent ceux qui les aperçoivent.

Le major Von Hartung triomphait.

— Parbleu, dit-il, ils ont peur !

Pourtant, il n'était guère rassuré. Au lieu de se porter en avant, il avait ordonné à ses hommes de demeurer sur place.

Un combat en plein jour, bien à découvert, ne lui souriait guère.

Comme tout bon officier allemand, il préférait la guerre d'embuscade et de surprise.

Il décida donc de demeurer dans Thann.

Il fit enfermer les prisonniers dans l'école et posta ses hommes au coin des rues.

Pourtant, l'attaque ne se décidait pas.

Le major Von Hartung réunit ses officiers.

— Messieurs, leur dit-il, de deux choses l'une, ou ces damnés Français nous mijotent quelque surprise, où ils ont fui pour aller chercher du renfort. Lieutenant Fortsner, vous allez, avec dix

uhlans, pousser une reconnaissance aux environs... Je compte sur votre courage habituel et
sur celui de nos braves cavaliers, pour découvrir
ces maudits Français...

Le lieutenant fit le salut militaire et sautant à
cheval entraîna les uhlans qui ne semblaient point
très enthousiastes.

VII

FACE A FACE !

Les prisonniers furent enfermés dans un bâtiment qui servait autrefois d'école et sur la porte duquel on voyait encore ces deux mots allemands qui firent plus d'une fois saigner le cœur des Alsaciens : *Knaben Schule* (1).

Le major Von Hartung semblait soucieux. Il allait et venait, les mains derrière le dos, fronçant parfois le sourcil et murmurant des mots inintelligibles.

L'officier allemand était troublé, cela ne faisait pas l'ombre d'un doute.

Craignait-il une surprise ? appréhendait-il que les Français, dissimulés dans les environs, ne fissent soudain irruption dans la petite ville ?

Non... le major était trop orgueilleux pour sup-

1. École de garçons.

poser un seul instant que les ennemis pussent
avoir raison de ses hommes... Ceux-ci étaient en
nombre, et il savait parfaitement qu'il n'avait en
face de lui, qu'une simple compagnie de trou-
piers français.

L'esprit du major Von Hartung était obsédé
par une autre idée, une idée lancinante, qu'il s'efforçait en vain de chasser, mais qui revenait sans
cesse, plus vivace, plus angoissante.

Il entra enfin dans une maison qu'il avait choi-
sie pour y établir son état-major et s'asseyant devant une petite table de bois blanc où traînaient
encore les reliefs d'un modeste repas, il dit au
planton qui était accouru à son appel.

— Va me chercher le curé...

Et, il demeura immobile, la tête entre les mains,
frappant par instants le parquet du talon de ses
bottes éperonnées.

Quelques instants après, l'abbé Stoffel était devant lui, les menottes aux mains, l'air calme et
digne, la tête haute, les épaules bien effacées.

C'était lui plutôt qui avait l'air d'un justicier
devant ce major allemand, à la face de brute, dont
les yeux bleus fourbes et fuyants se dérobaient
sous le regard froid du prêtre.

Il y eut un silence.

Une gêne planait dans cette petite pièce, autour
de ces deux hommes si différents d'attitude.

Enfin, le major Von Hartung dit à l'abbé Stoffel.

— Asseyez-vous...

Le prêtre sembla ne pas entendre cette invitation, et il demeura debout, immobile comme une statue.

— Va-t'en, Heindrick, dit le major à son ordonnance... Je t'appellerai si j'ai besoin de toi.

Le soldat qui était resté planté devant la porte fit brusquement demi-tour et disparut.

Le major parut faire un effort sur lui-même, puis redressant son torse sanglé dans une tunique grise à parements rouges, il dit à l'abbé Stoffel.

— Monsieur... Je ne m'attendais pas à vous retrouver ici.

— Moi non plus, répondit le prêtre d'un ton calme, car je ne pensais pas que les Prussiens fouleraient une seconde fois le sol de ma patrie...

— C'est la loi de la guerre... la loi du plus fort... nous vous avons vaincus en 70... nous vous vaincrons encore.

— Non... fit l'abbé Stoffel avec force, non, vous ne nous vaincrez pas... L'heure de la ruine a sonné pour l'Allemagne.

— Vous en êtes bien sûr ?

— Oui...

— Nous verrons, fit le major d'une voix sourde, si les événements vous donneront raison... En attendant, vous permettez que nous parlions d'autre chose... Je n'ai pas oublié que j'ai contracté une dette envers vous... Autrefois, sur le champ de bataille de Wœrth, un lieutenant de cuirassiers me voyant blessé, sans secours, m'emporta à l'ambulance et me sauva de la mort... Ce lieutenant, c'était vous, monsieur l'abbé... Malgré les années qui se sont écoulées depuis, je vous ai reconnu... Nos destinées n'ont pas suivi la même route... Moi, j'ai continué à servir mon empereur... vous, vous avez quitté l'armée, pour vous faire prêtre... Chacun suit sa vocation, et je n'ai rien à dire à cela... Cependant, si autrefois j'ai rencontré en vous un sauveur, aujourd'hui, je retrouve un ennemi... C'est vous qui avez sonné le tocsin pour appeler les troupes à votre secours... Vous savez ce qui attend, les civils qui, en temps de guerre, se rendent coupables de semblables fautes ? on les fusille.

— Je le sais... mais vous oubliez que je suis prêtre, et que la mort ne saurait m'effrayer...

Devant cette énergique attitude, le major Von Hartung demeura sans répondre...

Au bout d'un instant, il reprit enfin d'une voix à laquelle il s'efforçait de donner toute la douceur possible...

— Vous avez été soldat, monsieur l'abbé... Vous savez, par conséquent, ce qu'est le devoir militaire... supposez que les rôles soient intervertis et que vous soyez aujourd'hui à ma place, que feriez-vous ?

Le prêtre garda le silence.

— Voyons, répondez... que feriez-vous ?

— Ce que je ferais... d'abord, je ferais immé-

diatement remettre en liberté les innocents que
vous avez arrêtés, ces pauvres gens que vous
poussiez tout à l'heure devant vous, certain que
les Français feraient feu sur eux... mais nos soldats ont un autre cœur que les vôtres... ils ont
préféré battre en retraite, plutôt que de fusiller
leurs frères.

— Bon... fit le major... j'admets qu'ils soient
innocents comme vous voulez bien le dire, mais
vous ?

— Je vous ai déjà dit que je ne redoutais pas
la mort... si vous croyez devoir me tuer, faites-le,
mais remettez en liberté les braves Alsaciens que
vous avez arrêtés, au mépris de toute humanité.

— L'humanité est un mot inconnu en temps de
guerre...

— Mais après ?

— Comment après ?...

— Avez-vous songé au châtiment qui ne manque jamais de frapper ceux qui ont oublié qu'ils
étaient des hommes...

— Oh ! je vous en prie... pas de discussions
théologiques... parlons net, monsieur l'abbé...
Moi, j'ai ma conscience, vous, vous avez la vôtre.
En agissant comme je le fais, je crois servir mon
pays... Pas de pitié, pas de mansuétude, telle est
notre devise... où irions-nous, s'il nous fallait traiter avec égards ceux qui sont nos ennemis avé-
rés... mais ils seraient les premiers à rire de nous

et la crainte que nous devons inspirer, cette crainte qui fait notre force...

Ici, le major s'arrêta, craignant sans doute d'aller trop loin. Il soutenait, au fond, une théorie qu'il savait fausse, exécrable, une théorie de barbare en lutte contre la civilisation et le progrès, mais qui était le corollaire de cette fameuse culture dont les Allemands sont si fiers.

— Écoutez, dit-il, en se levant, je vais, pour une fois faire violence à mes principes... Vous m'avez sauvé la vie, sans vous, je n'aurais pas l'honneur de servir aujourd'hui mon empereur... eh bien, en souvenir de cette dette sacrée, je vais vous faire grâce... A la nuit, je vous ferai conduire à quatre kilomètres d'ici, et vous serez libre... libre d'aller où vous voudrez, mais retenez bien que nous serons quittes... Si, par malheur, vous reveniez ici, je ne vous connaîtrais plus.

— Vous me faites l'aumône d'une grâce, répondit fièrement le prêtre, mais vous oubliez une chose.

— Laquelle ?

— C'est que je suis français, et qu'un Français, même au péril de sa vie, n'abandonne jamais ses frères... Ainsi, vous croyez que pour racheter une vie, qui ne saurait être bien longue maintenant, je vais commettre une lâcheté...

— Alors, vous refusez ?

— Oui.

— C'est bien... j'ai fait ce que je devais, je n'ai rien à me reprocher...

Et le major appela d'une voix brutale :

— Heindrick...

Le planton parut.

— Heindrick... reconduis-moi cet homme avec les autres prisonniers.

— Je n'ai rien à me reprocher, reprit le major en regardant le prêtre.

Celui-ci soutint le regard de son ennemi, salua froidement et sortit sans prononcer une parole...

La nuit tombait.

— Au moment où il allait pénétrer dans l'école où étaient réunis les Alsaciens, une petite ombre se faufila près de lui et une voix d'enfant, légère comme un souffle, lui lança ces mots :

— Courage, monsieur l'abbé... ILS vont venir.

Le soldat allemand n'avait pas compris, mais le prêtre qui avait reconnu celui qui lui parlait, se prit à espérer, non pour lui, mais pour les autres, pour les innocentes victimes qui attendaient en ce moment que l'on décidât de leur sort.

VIII

LE LIEUTENANT TSCHIERET

A deux kilomètres du village, derrière un petit bois, des soldats sont couchés sur le sol... Ils attendent.

Ce sont des chasseurs alpins.

Soudain, une voix s'élève, celle d'un officier.

— Patience ! mes enfants... pour le moment, il serait imprudent de tenter quoi que ce soit... tout à l'heure, le renfort que nous attendons va venir... alors, je ne vous retiendrai plus... je vous dirai, au contraire : « En avant ! et du nerf ! »

— Du nerf ! oh ! vous pouvez être sûr qu'on en aura, mon lieutenant, murmura un sergent qui était allongé sur l'herbe...

— Pour sûr, firent les soldats... c'est pas trop tôt qu'on les voie enfin ces sales Boches...

Les minutes s'écoulaient, et le renfort que l'on attendait n'arrivait pas.

Une impatience, sans cesse grandissante, s'était emparée des alpins...

Enfin, il y eut un bruit lointain, d'abord à peine perceptible, qui, peu à peu, se précisa... Bientôt, des pas rythmés retentirent sur la route.

Les chasseurs alpins se dressèrent comme mus par un ressort et fraternisèrent immédiatement avec leurs nouveaux compagnons.

Ceux-ci étaient des soldats du 42e de ligne, qu'un cavalier était allé prévenir.

Les Français étaient maintenant en nombre pour attaquer les Allemands et leur faire abandonner la petite ville de Thann.

Cependant, au moment où ils allaient se mettre en route, deux enfants s'avancèrent vers un officier.

C'étaient Fritz et Jacques, les deux courageux petits Alsaciens que nous connaissons déjà.

— Mon lieutenant, dit Fritz, il y a des uhlans postés à quelques pas d'ici... Ils sont là, derrière ce petit bois et ils vous observent...

— Tu es sûr de ce que tu avances, demanda l'officier.

— Oh ! absolument sûr... si vous voulez commander vingt hommes pour me suivre, je vous promets que nous ferons de bonne besogne.

Le lieutenant qui n'avait eu jusqu'à présent qu'à se louer des renseignements fournis par les deux gosses, choisit parmi ses soldats une quinzaine de gaillards à poigne et leur dit :

— Il paraît qu'il y a par ici des uhlans un peu trop curieux, il s'agit de les déloger... Ces enfants savent où ils sont... ils vont vous conduire. Surtout, pas de coups de feu... allez-y à la baïonnette.

— Soyez tranquille, mon lieutenant, dit le sergent qui allait commander l'expédition... nous allons travailler proprement et sans bruit, je vous en réponds.

— C'est bien, allez... et tâchez de vous distinguer.

.   .   .   .
.   .   .   .
.   .   .   .

Les soldats partirent.

Au lieu de prendre la route, ils s'engagèrent dans un petit bois qui faisait face à celui où le lieutenant Fortsner et ses uhlans attendaient un moment propice pour se glisser plus près encore des soldats français afin d'en pouvoir dénombrer l'effectif.

En attendant les renforts qu'avait demandés le lieutenant de chasseurs alpins, Fortsner avait eu un moment la pensée de retourner à Thann prévenir le major, mais il voulut se renseigner davantage et c'est ce qui le perdit.

Bientôt, sans qu'il eût entendu le moindre bruit, il se vit entouré par des ombres noires qui bondirent sur lui et ses cavaliers, la baïonnette au canon. Cinq uhlans furent immédiatement mis à mort et les cinq autres se rendirent.

Quant au lieutenant Fortsner, qui résistait comme un enragé, il fut assommé d'un coup de crosse et jeté pantelant sur le sol.

Les uhlans prisonniers furent emmenés par les soldats.

— Maintenant, dit le lieutenant, nous allons nous mettre en route... la nuit est sombre, tout est pour le mieux... la surprise sera facile.

— Moi, je vais vous conduire, dit Fritz.

— Merci, mon enfant, répondit le lieutenant, mais je connais le chemin.

— Pas possible ?...

— Oui... aussi bien que toi, sans doute.

— Vous êtes donc déjà venu par ici ?

— Oui, mon ami... je suis né à Thann.

— Pas possible ?

— Puisque je te le dis.

— Comment vous appelez-vous, mon lieutenant, je connais sans doute votre famille ?

— Je me nomme Tschieret...

— Comment ? seriez-vous parent avec le vieux père Tschieret qui demeure près de l'église ?

— C'est mon oncle...

— Oui... oui. Je me souviens de vous, maintenant. Vous êtes venu à Thann, il y a quatre ans environ... vous étiez en civil... c'est seulement après votre départ que j'ai appris que vous étiez soldat en France... oh ! ce pauvre père Tschieret, il va être joliment heureux de vous revoir... Il parlait souvent de vous, mais je suis sûr qu'il est loin de se douter que vous êtes si près de lui maintenant...

L'officier demeura quelques instants songeur, puis, posant soudain sa main sur l'épaule de Fritz, il demanda à mi-voix.

— Tu connais Madeleine Muller ?

— Si je la connais... la fille de l'instituteur ?

— Est-elle mariée ?

— Non... et heureusement pour elle.

— Que veux-tu dire ?...

Fritz craignit d'avoir été trop bavard et demeura silencieux.

— Voyons, explique-toi, reprit le lieutenant... Tu allais dire quelque chose et puis tu t'es arrêté...

— C'est que, mon lieutenant, je ne voudrais pas me mêler de ce qui ne me regarde pas... Eh bien oui, Madeleine Muller a failli épouser un nommé Wilhelm...

— Ce Wilhelm n'était-il pas employé à la maison Schwartz.

— Oui... c'est cela même...

— Et pourquoi le mariage a-t-il été rompu ?

— Ah ! c'est toute une histoire, mon lieutenant... Figurez-vous que quelques jours avant la mobilisation, Wilhelm a disparu. Nous croyions tous, et le père Muller, le premier, qu'il avait fait

comme bien d'autres, qu'il avait passé la frontière et était allé s'engager à Belfort, dans l'armée
française...

— Et alors ?

— Alors, nous nous étions trompés... Wilhelm
s'était bien engagé en effet... mais dans l'armée
allemande.

— Le misérable !... Tu es certain de ce que tu
avances ?

— Oh ! absolument certain, mon lieutenant, et
la meilleure preuve, c'est que j'ai vu Wilhelm...
Oui, je l'ai vu habillé en soldat prussien et tenez,
une chose qui va vous étonner encore plus, c'est
qu'il est en ce moment à Thann, et qu'il s'apprête
avec ces bandits de Prussiens à fusiller le père
Muller et mam'zelle Madeleine... C'est pour cela
que je suis venu vous trouver... Il n'y a pas un
instant à perdre, sûrement qu'au jour, ces brutes
auront tué tous ceux qu'ils ont fait prisonniers...

Le lieutenant Tschieret était maintenant en
proie à une émotion qu'il ne parvenait pas à dissimuler. Ce que venait de lui apprendre Fritz l'a-
vait jeté dans un trouble profond.

Ce fut d'une voix tremblante qu'il donna les
derniers ordres à ses soldats après s'être concerté
avec l'adjudant qui commandait les hommes du
42e.

Quand le plan d'attaque fut bien arrêté, il prit
la tête de la colonne après avoir dit à ses chasseurs :

— En avant ! mes amis…. Je compte, comme toujours, sur votre courage et votre audace… Il faut, qu'au lever du jour, la ville de Thann soit délivrée de ses ennemis, qu'il ne reste plus un seul Prussien dans ses rues…

IX

LA RAFALE

Le major Von Hartung veillait.

Inquiet de ne pas voir revenir Fortsner avec ses uhlans, il s'apprêtait à envoyer une nouvelle patrouille, aux environs de la ville, quand on vint lui dire que des soldats français arrivaient par la route de Mulhouse.

— Les imbéciles ! s'écria le major en se frottant les mains, ils viennent se jeter dans la gueule du loup.

Il donna des ordres a la hâte et bientôt les troupes qu'il commandait se tenaient prêtes à recevoir l'ennemi.

Celui-ci se montra bientôt à l'entrée de la ville.

La tactique du major Von Hartung était de laisser les Français pénétrer dans le village, de les entourer et de les fusiller de trois côtés à la fois.

Il avait massé tous ses soldats à l'extrémité de la
rue principale de la petite cité alsacienne... Tandis que les uns se tenaient bien en vue, les autres,
dissimulés dans les maisons, sortiraient au moment décisif.

Quelques détonations se firent entendre, puis
ce fut bientôt un terrible feu de salve.

— Voyez... voyez... ils n'osent avancer, s'écria
le major qui s'était, le sabre à la main, précipité
à la tête de ses hommes... chargez-les !... chargez-les et pas de quartier, vous entendez, pas de
quartier !...

Il avait à peine prononcé ces mots qu'une fusil-
lade épouvantable retentit derrière lui...

Etonné, il se porta rapidement en arrière et
demeura stupéfait, sans même avoir la force de
lancer un commandement.

Il était pris entre deux feux.

Pendant qu'il faisait porter toutes ses troupes
en avant, du côté de la route de Mulhouse, les
Français qui s'étaient partagés en deux colonnes,
les alpins d'un côté, les soldats du 42º de l'autre,
enserraient comme dans un étau les soldats prussiens.

La lutte fut courte.

Décimés par les mitrailleuses de l'infanterie qui
arrivait par derrière, les Allemands tentèrent de
fuir, mais les alpins admirablement dissimulés
derrière les arbres, les fusillèrent sans relâche.

Thann était au pouvoir des Français.

Cinq cents Prussiens jonchaient le sol ; les autres s'étaient rendus.

Quant au major Von Hartung, blessé d'une
balle à la tête, il agonisait, au milieu de la rue
en poussant de sourds gémissements.

Le lieutenant Tschieret, guidé par Fritz, se dirigea aussitôt vers la maison d'école où les malheureux prisonniers attendaient, anxieux, le résultat d'une bataille dont ils ne pouvaient prévoir
l'issue.

On juge de leur joie lorsqu'ils aperçurent les
soldats français.

Il est de ces moments d'enthousiasme que la
plume est impuissante à rendre.

Prisonniers et militaires se jetèrent dans les
bras l'un de l'autre et un cri, toujours le même,
un cri sublime qui traduisait la joie de tous ces
Alsaciens, montait dans le jour naissant, comme
pour saluer l'aurore d'une liberté longtemps dési-
rée :

— Vive la France !

. . . .

. . . .

. . . .

Quand l'effervescence fut un peu calmée, les
prisonniers se répandirent dans les rues pour
jouir enfin de leur triomphe. Pendant que les uns
regardaient avec curiosité les nombreux prisonniers gardés par les soldats français, les autres

contemplaient les morts, étendus çà et là, les mains crispées sur le canon de leur fusil.

Soudain, une jeune fille fendit la foule et s'élançant vers un groupe de prisonniers, les dévisagea avec insistance...

Cette jeune fille, c'était Madeleine, la fille du père Muller.

Au moment où elle allait se diriger vers les morts, Fritz l'arrêta en disant :

— Je sais qui vous cherchez, mam'zelle Madeleine, mais vous ne le trouverez pas... Je me suis déjà renseigné, moi... et je puis vous affirmer que le traître Wilhelm n'est ni parmi les morts, ni parmi les blessés.

— Le misérable ! s'écria la jeune fille... il s'est enfui... il nous échappe... Oh ! je le retrouverai... oui... il faut que je le retrouve.

— Je vous y aiderai, dit une voix auprès d'elle.

Madeleine regarda, surprise, celui qui venait de parler ; elle ne fit que l'entrevoir, une seconde peut-être, mais cette seconde lui suffit pour le reconnaître :

— Marcel, murmura-t-elle... Lui !... lui !...

Le lieutenant avait déjà disparu...

Il ne restait plus dans la rue que deux hommes. L'un était le major Von Hartung qui achevait de mourir, l'autre, l'abbé Stoffel.

Le prêtre penché sur celui qui, tout à l'heure l'avait condamné à mort, lui prodiguait, d'une voix douce, les dernières consolations...

L'officier allemand devait encore avoir toute sa connaissance, car par instants, il ouvrait les yeux et regardait le prêtre.

Que se passait-il, en cet instant suprême, dans l'âme de ce chef de barbares qui avait méconnu la pitié et foulé aux pieds les plus nobles sentiments !

Peut-être, au moment d'expier, regrettait-il de n'avoir été sur cette terre qu'un monstre hideux, une machine à tuer, brutale, un bourreau sans entrailles, insensible aux cris généreux du cœur.

S'il avait encore la force de réfléchir, il devait, lui, l'être orgueilleux et cruel, éprouver une sorte de honte en présence de celui dont il n'avait pas eu pitié et qui venait cependant, à la minute dernière, lui apporter les paroles de paix qui calment parfois la conscience des grands criminels.

Soudain, l'abbé Stoffel se releva, se signa par deux fois et remit son chapeau.

Le major Von Hartung était étendu sur le dos, la tête rejetée en arrière, fixant d'un regard vide le grand ciel bleu peuplé de petits nuages pareils à des flocons de fumée...

— Eh bien, monsieur l'abbé, s'écria Hans, le forgeron, ce gredin a rendu sa vilaine âme au diable... Ce n'est certes pas moi qui le plaindrai... Des gens pareils, ça n'emporte aucun regret...

— Tais-toi, Hans, dit le prêtre... Il est mort, nous devons oublier...

— Oui, vous, c'est votre devoir, de toujours

pardonner, mais nous autres, nous n'oublions pas... Nous avons trop souffert depuis quarante-quatre ans !...

— Vous êtes aujourd'hui récompensés, puisque vous avez recouvré votre liberté.

— Oh ! ça oui, on peut le dire, et nous n'oublierons jamais cette belle journée... c'est une vie nouvelle que nous allons vivre maintenant...

Des hommes passaient en courant.

— Où allez-vous donc ? demanda Hans.

— Où nous allons ? Eh pardi, renverser cet affreux poteau-frontière qui semble encore nous narguer, là-bas, au bout de la route...

— Tiens !... je n'y avais pas songé... je vous suis, camarades... au revoir, monsieur l'abbé... et vive la France !

— Vive la France, répondit le prêtre en ôtant son chapeau.

Et il demeura immobile au milieu de la route, pendant que là-bas, des cris joyeux annonçaient la chute du maudit poteau noir, blanc, rouge qui avait si longtemps souillé la terre d'Alsace.

Le soleil qui montait à l'horizon semblait plus radieux, plus beau que de coutume... on eût dit qu'il brillait d'un éclat plus vif, plus resplendissant, pour fêter le nouvel avènement de la grande Déesse Liberté, celle pour laquelle les hommes, sans distinction d'opinion, font tous le sacrifice de leur vie dans de sublimes élans d'héroïsme.

X

ELLE ET LUI !

Le père Muller et sa fille étaient rentrés dans leur petite maison, encore toute bouleversée par les brutes allemandes.

Sans prendre le temps de constater les dégâts faits par les Prussiens, le vieil instituteur était monté au grenier, avait à la hâte sorti d'un coffre où il dormait depuis quarante-quatre ans, le drapeau tricolore, puis, il avait à la hâte, fixé à la barre d'appui d'une fenêtre, le glorieux pavillon de France.

Quand le drapeau se mit à claquer au vent avec un bruit joyeux, le père Muller se sentit envahi d'une si patriotique émotion qu'il ne put retenir ses larmes...

Ainsi, c'était donc vrai ! l'Alsace était redevenue française... La ville de Thann ne connaîtrait plus la domination allemande. On n'entendrait plus dans les rues l'affreux jargon de l'envahisseur, on allait pouvoir causer librement, reprendre ses habitudes, prononcer à haute voix ce joli mot de : France, proscrit depuis si longtemps.

Mais ce qui réjouissait surtout le vieil homme, c'est qu'il allait pouvoir recommencer sa classe en français, enlever du linteau de la porte de son école ces affreux mots : *Knaben Schule* et les remplacer par ceux-ci : Ecole de garçons !

Avec quelle joie il ferait de nouveau la classe à cette jeune génération qu'il aimait tant, qu'il avait nourrie d'espoir, malgré les sournoises enquêtes des autorités allemandes.

Bientôt, le père Muller n'y tint plus...

Il prit son chapeau et dit à Madeleine.

— Au revoir, mon enfant... Je vais jusqu'à l'école, il faut que je remette tout en ordre, car demain les classes rouvriront.

Il prit dans une armoire une pile de livres français qu'il attacha au moyen d'une courroie et sortit, la taille droite, en frappant fièrement le sol...

— Pauvre père, murmura Madeleine en le regardant partir... Il est vraiment heureux !

Et elle s'assit dans un fauteuil, la tête entre les mains... Elle aussi aurait dû être heureuse, et cependant, à cette heure délicieuse, entre toutes, une ombre passait sur sa vie.

P. L. — La Fiancée de l'Espion.   3

Elle demeura longtemps songeuse... Parfois, un long soupir s'échappait de sa poitrine.

Tout à coup, elle tressaillit.

Quelqu'un venait d'ouvrir doucement la porte...

Elle se dressa, tourna la tête, et ne put retenir un cri de surprise :

— Monsieur Marcel !...

L'officier s'inclina, fit quelques pas, puis s'arrêta.

Pendant quelques instants, les deux jeunes gens demeurèrent sans prononcer une parole.

Il est des situations dans la vie où les mots les plus simples ne peuvent sortir des lèvres, où l'âme est tellement troublée que la bouche reste muette.

Enfin, le lieutenant s'avança, prit la main de la jeune fille et murmura d'une voix faible comme un souffle :

— Mademoiselle Madeleine !...

La jeune fille tourna la tête et répondit d'une voix tremblante :

— Monsieur Marcel...

— Ainsi, soupira le jeune homme, vous m'aviez oublié...

— Oh ! non... murmura Madeleine.

— Cependant... vous alliez en épouser un autre.

— Ne parlons plus de cet homme, je vous en prie... Il s'est introduit chez nous comme un malfaiteur... a capté la confiance de mon père... puis...

— Puis ?

— Je m'étais faite à l'idée que je devais l'épouser... Il était comme moi de condition modeste... Pouvais-je ambitionner un parti plus haut, moi qui ne suis qu'une humble fille...

— Vous ne songiez plus à moi ?

— Oh ! Marcel... pouvez-vous dire une chose semblable !... mais vous étiez parti... je savais que vous étiez officier... que l'avenir s'ouvrait brillant devant vous... Est-ce qu'une pauvre petite Alsacienne comme moi pouvait prétendre à votre main... Oh ! j'ai bien souffert, je vous le jure... On n'arrache pas ainsi de son cœur un amour comme celui-là... je conservais cependant un faible espoir, mais ne recevant plus de lettres, j'ai supposé que vous ne m'aimiez plus... nous étions si jeunes tous deux, lorsque nous nous sommes jurés d'être l'un à l'autre...

Le jeune lieutenant attira doucement Madeleine contre lui :

— Si je ne vous ai plus écrit, dit-il, c'est parce que j'étais là-bas, dans le fond de l'Afrique, râlant sur un lit d'hôpital...

— Vous ?

— Oui... Je suis resté près de deux mois entre la vie et la mort... quand j'obtins enfin un congé de convalescence, ma première pensée fut de venir vous voir... ou tout au moins de vous donner rendez-vous à la frontière, mais la guerre éclata... Depuis... il m'a été impossible de vous écrire puisque les lettres n'arrivaient plus en Alsace... mais je pensais toujours à vous, Madeleine, plus que jamais... Quand j'ai appris qu'un corps d'armée se disposait à partir pour l'Alsace, j'ai demandé à en faire partie et voilà pourquoi j'ai eu l'honneur de pénétrer le premier, à la tête de mes hommes, dans ma bonne ville de Thann...

Madeleine demeurait silencieuse.

Une gêne l'oppressait.

La malheureuse jeune fille comprenait qu'il y avait maintenant un abîme entre elle et le lieutenant Tschieret...

Celui-ci reprit :

— Madeleine... oublions le passé, voulez-vous... ne nous rappelons que le jour heureux où nous nous sommes rencontrés pour la première fois... c'était à l'entrée de la ville, près du vieux banc de pierre... Je l'ai revu tout à l'heure et je n'ai pu maîtriser mon émotion... Il y a des souvenirs qui restent gravés au fond de nous, qui nous suivent partout et ne s'éteignent qu'avec notre dernier souffle. Je vous ai aimée aussitôt que je vous ai vue, Madeleine, et pas une minute votre image ne s'est détachée de mon cœur... Vous ne sauriez vous imaginer avec quelle joie j'ai appris tout à l'heure, par un gamin du pays, que vous étiez toujours libre...

La jeune fille ne répondait pas... Le souvenir de l'autre la hantait et il lui semblait que c'était une chose impie d'écouter les aveux de celui qu'elle avait un jour oublié, pour promettre sa main à un être indigne.

Le lieutenant devina le trouble qui agitait Madeleine, car il lui dit, en l'attirant contre sa poitrine :

— Oublions tout, Madeleine... ne nous souvenons tous deux que d'une chose, c'est que nous nous sommes aimés, que nous nous aimons encore et que vous promettez aujourd'hui, quoi qu'il arrive, de ne jamais m'oublier.

— Je vous le jure, répondit la jeune fille en fixant Marcel de ses grands yeux embués de larmes.

Le lieutenant déposa un tendre baiser sur le front de Madeleine et sous cette première caresse de l'être aimé, elle se sentit envahie d'un trouble étrange dans lequel il y avait de la joie, mais comme un soupçon de remords...

L'image de Wilhelm, l'affreux espion, lui revenait à l'esprit et une révolte sourde grondait dans tout son être...

L'amante disparaissait pour faire place à l'Alsacienne, à la Française...

Soudain, ses yeux eurent un éclair passager, puis, saisissant les mains du lieutenant :

— Pardon, Marcel, pardon, d'avoir douté de vos sentiments !... si j'avais pu prévoir que, malgré les années vous ne m'aviez pas oubliée, je n'aurais point, cédant aux conseils de mon père, écouté les faux serments de ce Wilhelm... Je jure d'être

votre femme, oui, je le jure, mais avant, je veux
me venger de ce misérable qui a trompé notre
confiance... Je ne serai à vous que le jour où
j'aurai, de mes propres mains, tué cet infâme
Wilhelm... Tant qu'il sera vivant, il me serait
impossible de vous regarder sans rougir... Il faut
qu'il meure, que l'Alsace qu'il a trahie soit ven-
gée, qu'il ne subiste plus rien d'un passé douloureux.

— Rassurez-vous, Madeleine, Je chercherai ce
misérable et l'œuvre de vengeance que vous sou-
haitez sera accomplie.

— Non, s'écria Madeleine, avec une expres-
sion d'énergie suprême... non, s'il doit périr, c'est
de ma main... Le jour où je l'aurai tué, où j'aurai délivré le pays de ce lâche, ce jour-là,
Marcel, j'oserai vous regarder en face et vous
tendre la main.

Ces mots avaient été dits avec une telle force,
une telle énergie, que le lieutenant Marcel Tschieret ne crut pas devoir insister. Il avait deviné
le sentiment qui animait à cette minute la fille
de l'instituteur.

— C'est bien, dit-il simplement... Je vous aiderai à retrouver Wilhelm.

Les deux jeunes gens se regardèrent.

Ils s'étaient compris.

XI

LA LEÇON DE FRANÇAIS

L'installation des Français à Thann n'était pas provisoire. Soutenus par un régiment d'infanterie et un escadron de dragons qui firent leur entrée dans la petite ville, quelques heures après la défaite des troupes de Von Hartung, les alpins et leurs camarades du 42ᵉ établirent solidement leurs positions.

Comme nous l'avons dit plus haut, les poteaux-frontières furent arrachés, les drapeaux allemands enlevés de tous les édifices, les inscriptions en caractères gothiques remplacées par de belles lettres romaines.

La joie en même temps qu'un souffle sublime de liberté s'était répandue sur la ville et ses habitants.

Le jour même, le père Muller avait réuni ses élèves et leur avait dit :

— Mes chers petits. L'heure que nous attendions avec tant d'impatience est enfin arrivée...
Après quarante-quatre ans de souffrances et d'angoisses, les Alsaciens sont redevenus libres. A
partir de demain, nous reprendrons les classes
et c'est dans de beaux livres français que nous
ferons la lecture. Pour aujourd'hui, je veux que
la joie soit dans tous les cœurs... Je veux que
vous puissiez tous profiter de ce beau jour que
nous avons souhaité si longtemps... L'ennemi ne
foulera plus le sol de notre territoire... Il faut que
disparaisse tout ce qui pourrait nous rappeler
l'invasion... apportez-moi tous les livres qui sont
dans vos pupitres.

Les enfants obéirent et déposèrent devant le
père Muller les manuels allemands dans lesquels
on s'efforçait jadis de leur faire oublier leur
vraie patrie en les bourrant de cette odieuse « culture », qui, au lieu de conduire les peuples vers
l'émancipation, la liberté, les pousse vers l'orgueil et la barbarie.

Quand le vieil instituteur eut rassemblé tous
ces livres maudits, il alluma dans le poêle un
grand feu de pommes de pin et brûla les uns
après les autres les volumes pernicieux que des
professeurs ennemis s'étaient plu à écrire pour
la gloire de l'Allemagne et l'abaissement de la
France.

Le buste ridicule du Kaiser fut remplacé par
celui de la République, et la grande carte d'Alle-

magne qui s'étalait sur le mur, lacérée par les petits Alsaciens. A la place qu'elle occupait, le père
Muller cloua une jolie carte de France avec des
départements en couleur sur laquelle il avait lui-
même rétabli l'ancienne délimitation de la frontière, celle de 1870 !...

Puis, avant de congédier ses élèves, il leur dit
d'une voix émue :

— Mes enfants... il est un chant que vous devez tous savoir, car vos parents ne l'ont pas oublié. Ils vous l'ont souvent fredonné tout bas,
volets et portes closes... Ce chant c'est la *Marseillaise*...

« Je vais vous en chanter les couplets et vous
reprendrez tous avec moi le refrain de cet hymne
national, redevenu le nôtre, maintenant.

Et choisissant cette strophe qui peignait mieux
sans doute l'état d'esprit du moment, le vieil
instituteur se leva et, d'une voix forte, la tête
haute, il chanta :

Amour sacré de la patrie
Conduis, soutiens nos braves vengeurs
Liberté, Liberté chérie,
Combats avec tes défenseurs...
Combats avec tes défenseurs...
Sous nos drapeaux, que la victoire
Accoure à tes mâles accents
Que tes ennemis expirants
Voient ton triomphe et notre gloire !

Tous les jeunes Alsaciens, électrisés par les nobles accents de notre beau chant patriotique, se tenaient immobiles, droits et fiers, et quand l'instituteur eût terminé la strophe, ce fut d'une voix ardente et vibrante qu'ils reprirent à l'unisson :

> Aux armes ! citoyens,
> Formez vos bataillons !
> Marchons, marchons,
> Qu'un sang impur
> Abreuve nos sillons !

Les soldats qui se trouvaient massés sur la place, reprirent aussi le refrain et la ville de Thann qui depuis si longtemps ne vivait que sous un régime d'oppression et de crainte, fut secouée d'un frisson patriotique, sublime, le frisson d'un peuple qui vient de secouer ses fers et qui tend les bras vers l'astre rayonnant de la Liberté...

Cependant, le père Muller estima que cette manifestation n'était pas encore suffisante pour célébrer le triomphe de la France ; il estima que ç'eût été manquer à la reconnaissance que de ne pas associer à cette fête les noms des héros alsaciens morts pour la patrie depuis le début de la guerre.

Il sortit son carnet de sa poche, en tira des coupures de journaux français qu'il s'était procurés, on ne sait comment, et dit à ses élèves :

— Mes enfants... si nous sommes libres, aujourd'hui, si nous sommes redevenus Français, nous le devons à des braves qui ont payé de leur vie la reprise du Territoire... Plusieurs sont tombés sur la terre d'Alsace avant d'en déloger l'ennemi. Ceux-là, vous ne devez pas les oublier... Il faut que leurs noms qui sont ceux de héros restent gravés à jamais au fond de votre cœur...

Et, il lut, d'une voix émue :

Morts au champ d'honneur :

Louis Salszman, capitaine au 42ᵉ de ligne, a fait preuve de la plus grande énergie en commandant pendant douze jours, sous un feu des plus violents, les hommes de sa compagnie.

Hans Metzer, sous-lieutenant au 12ᵉ bataillon de chasseurs alpins.

Très belle attitude au feu où il est blessé à la main. Revenu au corps peu après, il a été blessé de nouveau près d'Altkirch, mais a refusé de se rendre à l'ambulance. Deux jours après, un éclat d'obus lui emportait la tête.

Michel Steiner, sergent au même régiment ; a tenu tête pendant deux heures, avec sa section, à deux bataillons bavarois. Quand les renforts sont arrivés, les ennemis avaient subi des pertes graves. Atteint de cinq balles, Steiner a continué, couché sur le bord de la route, à commander ses soldats.

Comme son colonel le félicitait et voulait le faire porter à l'ambulance, il a répondu : « — Merci, c'est inutile, je sens que je vais mourir, mais je m'en vais heureux, puisque nous sommes vainqueurs. »

« Fritz Heller, soldat au 42e de ligne. Au combat d'Altkirch a vaillamment secondé l'adjudant commandant la compagnie. Blessé une première fois d'une balle à la jambe, puis, d'une autre à l'épaule, il a refusé de se replier sur le poste de secours. Atteint par un éclat d'obus, il est tombé en criant : Vive la France !

— Voilà mes chers petits, ajouta le vieil instituteur, quatre fils d'Alsace que vous ne devez pas oublier... car ils furent des héros et n'hésitèrent pas à donner leur sang pour assurer le triomphe des armes...

Fritz Heller et Michel Steiner sont nés à Thann, les deux autres étaient de Guebwiller.

« Chaque matin, mes enfants, à partir d'aujourd'hui, au commencement de la classe, je prononcerai le nom de ces vaillants soldats et vous répondrez tous à l'appel de leur nom :

— Mort au champ d'honneur !

XII

A LA RECHERCHE DE L'ESPION

Qu'étaient devenus Fritz et Jacques, les braves petits Alsaciens qui avaient, avec un réel courage, servi de guides aux soldats français ?...

Les Prussiens, furieux d'avoir été dupés par des enfants, les avaient-ils fusillés ?

Les avaient-ils, au contraire, emmenés avec eux comme otages ?

Non, rassurez-vous, Fritz et Jacques étaient bien vivants et si vous voulez nous suivre, nous n'allons pas tarder à les retrouver.

Après les violentes attaques des chasseurs alpins et celles des soldats du 42° de ligne, quelques Allemands étaient parvenus à s'enfuir. Oh ! ils n'étaient pas nombreux, une cinquantaine environ, et parmi eux, se trouvait Wilhelm, cet espion que Madeleine avait juré de retrouver.

Elle était déjà devancée dans cette tâche, car Fritz et son frère, avec une habileté merveilleuse pour des enfants de leur âge, avaient trouvé le moyen de se lancer à la poursuite des fuyards.

Ceux-ci, d'ailleurs, étaient tellement affolés, qu'ils ne songeaient guère à regarder derrière eux.

Après avoir marché pendant près d'une heure, ils s'arrêtèrent enfin dans un petit bois appelé le « bois de la Chèvre » et se glissant à travers les buissons, parvinrent ainsi assez près des Allemands pour entendre ce qu'ils disaient.

C'était de l'audace, presque de la témérité, mais on sait que nos deux gosses étaient aussi courageux que des hommes.

Ils s'aplatirent sur le sol et attendirent.

Ce qu'ils faisaient là était dangereux. On pouvait les apercevoir et Wilhelm ne se serait fait aucun scrupule de les fusiller.

Au bout de quelques instants, les ennemis, certains qu'ils étaient seuls dans le bois, se mirent à parler à voix haute :

— Nous ne pouvons demeurer ici, disait Wilhelm, il faut que nous tâchions de gagner Colmar... Cette ville est à nous, une forte garnison l'occupe et le général Von Steinmetz qui est un homme avisé, trouvera bien un moyen pour reprendre Thann. Notre major s'est laissé surprendre ; il n'a pas songé que l'on pouvait l'attaquer de deux côtés à la fois... Nous reprendrons l'offensive en procédant de la même façon, et il est plus que certain que le triomphe des Français ne sera qu'éphémère.

Un sergent répondit :

— Oui, tu as raison... mais d'ici à Colmar, la route est longue... qui sait si nous n'allons pas nous heurter à quelque détachement français...

— Nous avancerons avec précaution... Lorsque nous aurons dépassé la forêt de Grün, nous n'aurons plus rien à craindre, car les Français, si audacieux qu'ils soient, ne se sont pas encore aventurés jusque-là.

Les soldats allemands qui accompagnaient Wilhelm approuvèrent tous l'espion.

Il fut convenu que l'on se reposerait quelques heures et que l'on se mettrait ensuite en marche.

Fritz et Jacques en savaient assez.

Tout doucement, ils se glissèrent entre les arbustes et parvinrent à gagner un petit chemin qui rejoignait la route de Thann à deux cents mètres environ avant l'entrée du village.

Cette fois encore, les deux courageux enfants s'étaient, avec succès, acquittés de la tâche qu'ils avaient entreprise.

Ils croyaient que les Allemands ne les avaient pas aperçus.

Ils se trompaient.

Un soldat placé sous bois en sentinelle, les avait vus s'engager sur le petit sentier qui menait à la route.

Il n'avait d'abord eu aucune méfiance et n'avait pas jugé à propos de tirer sur les deux gosses, cependant, après réflexion, — les Boches sont longs à se décider, — il crut devoir prévenir le sergent.

Celui-ci, comme le factionnaire, n'attacha que peu d'importance à l'incident, mais Wilhelm qui, en sa qualité d'espion était plus méfiant, se fit donner aussitôt le signalement des deux gamins.

Alors, il s'emporta.

S'adressant à la sentinelle, il lui dit d'une voix courroucée.

— Sais-tu ce que tu viens de faire, imbécile... tu viens tout simplement de laisser échapper deux gredins qui vont nous livrer.

Et comme le soldat demeurait abasourdi.

— Mais cours donc, tâche de les rejoindre... il ne faut pas qu'ils arrivent jusqu'à Thann.

On se livra à des recherches, mais, est-il besoin de dire qu'elles demeurèrent sans résultat.

Fritz et Jacques étaient déjà dans la ville.

Ils allèrent aussitôt trouver le lieutenant Tschieret.

— Lieutenant, lui dit Fritz, l'espion Wilhelm est tout près d'ici, dans le bois de la Chèvre... Il est arrêté là avec une cinquantaine de soldats allemands.

— Tu es sûr de ce que tu avances ?

— Oh ! absolument sûr... J'ai même entendu ce qu'il disait...

— Et que disait-il ?

— Qu'il allait gagner Colmar pour y chercher du renfort et venir de nouveau attaquer la ville.

Le lieutenant n'en entendit pas davantage.

Se tournant vers ses hommes, il leur dit :

— Que l'un de vous prévienne l'adjudant de dragons qui se trouve à la mairie...

Un soldat partit en courant.

Il revenait bientôt en compagnie de l'adjudant, un grand et solide gaillard à l'allure décidée.

Le lieutenant s'entretint pendant quelques instants avec ce dernier qui disparut bientôt pour aller rejoindre ses hommes.

Les renseignements fournis par Fritz et Jacques allaient permettre aux Français de s'emparer de l'espion.

— Nous le tenons ! avait dit le lieutenant Tschieret.

XIII

LES DEUX COMPLICES

On a bien raison de dire, qu'il ne faut pas vendre la peau de l'ours avant de l'avoir tué...

Wilhelm avait toutes les ruses.

Lorsqu'il eut appris qu'il avait été découvert par les deux enfants, il dit à ses compagnons :

— Peut-être serait-il imprudent que nous nous dirigions tous sur Colmar... attendez-moi ici, je vais revenir avec du renfort... surtout, dissimulez-vous bien.

Les stupides soldats allemands qui se croyaient plus en sûreté dans le bois que sur la route, approuvèrent tous cette décision.

Wilhelm partit seul...

Lorsqu'il eut fait environ cent mètres, on le vit soudain obliquer à gauche et se diriger vers une petite chaumière qui s'élevait entre le bois et la route.

Cette maison paraissait déserte.

Depuis longtemps, en effet, les Alsaciens savaient qu'elle était vide, mais depuis le début des hostilités, un nouveau locataire était venu l'habiter...

Les Prussiens, dont le service d'espionnage était merveilleusement réglé, avaient partout des agents.

Celui qui était venu s'installer dans la bicoque abandonnée, était un vieillard d'aspect sordide... Ceux qui l'avaient aperçu l'avaient pris pour un mendiant et n'avaient guère fait attention à lui.

Pourtant cet homme était dangereux.. Il avait pour mission de renseigner les Allemands sur l'emplacement des troupes françaises...

Tout le jour, le vieillard errait sous bois, à l'affût des nouvelles, et quand venait le soir, au moyen d'une petite lampe électrique, il faisait des signaux à l'ennemi.

Comme bien on pense, Wilhelm était au mieux avec l'espion. Qui se ressemble s'assemble. D'ailleurs, il était hiérarchiquement le supérieur de ce miséreux.

Arrivé devant la maison, Wilhelm frappa de façon spéciale et la porte s'ouvrit presque aussitôt.

Le vieillard reconnut aussitôt l'espion et voici

le dialogue qui s'engagea en allemand entre les deux hommes.

— Il faut, dit Wilhelm, que tu me procures immédiatement des habits...

— C'est facile, répondit le bonhomme.

Et, presque aussitôt, il tira d'un vieux coffre un pantalon de velours, une blouse et une casquette.

— Bien, fit Wilhelm en se débarrassant à la hâte de son casque, de sa tunique et de son pantalon gris... maintenant, dissimule bien les effets que je viens de quitter, car si on les trouvait ici, tu serais « brûlé ».

— N'ayez crainte, je suis prudent. Il y a ici de bonnes cachettes.

Lorsque Wilhelm fut complètement métamorphosé, il dit à son complice :

— Va voir s'il n'y a personne dans les environs.

Quelques minutes après, le vieillard revenait en disant :

— La route est libre...

— Bien, fit Wilhelm... Je pense revenir ici demain... pendant mon absence, fais bonne garde... note bien tous les passages de troupe... Tâche aussi de savoir si les soldats qui sont entrés dans Thann attendent des renforts.

— Compris, fit le vieillard.

Wilhelm connaissait admirablement le pays. Il avait depuis longtemps parcouru en tous sens les moindres chemins de la forêt...

Il se lança sous bois et se dirigea vers la route de Colmar.

Pendant qu'il se hâtait vers cette ville, le lieutenant Tschieret attendait avec impatience le retour des dragons qui étaient partis en reconnaissance.

Il était bien persuadé que cette fois l'espion ne parviendrait pas à s'enfuir, aussi sa stupéfaction fût-elle grande lorsqu'il constata que Wilhelm ne se trouvait point parmi les prisonniers ramenés par l'adjudant.

— Comment ce misérable a-t-il pu vous échapper ? demanda-t-il.

— Il était parti avant que j'arrive, répondit l'adjudant.

— Comment cela ?

— Oui, les hommes que j'ai interrogés m'ont appris qu'il s'était dirigé sur Colmar dans le but de ramener ici des renforts.

— Le misérable ! Il nous a joués !...

Le lieutenant Tschieret était dans un état de fureur impossible à décrire.

Reprenant enfin son sang-froid, il dit à l'adjudant :

— Je vous remercie... à défaut de celui que nous cherchons, vous nous donnez un renseigne-

ment des plus précieux... Nous savons que le
bandit est allé chercher des renforts et que nous
devons, par conséquent, nous attendre à une attaque... c'est bien... je vais déjouer ses plans.

XIV

OU WILHELM MONTE EN GRADE

Wilhelm avait pu continuer son chemin sans être inquiété... D'ailleurs, la région dans laquelle il s'était engagé était encore sous la domination allemande et une fois qu'il eut dépassé la forêt, il se trouva complètement en sûreté... Il fut néanmoins obligé de faire de nombreux détours pour éviter certaines lignes sur lesquelles circulaient des patrouilles françaises...

Enfin, il arriva à Colmar.

La ville était en pleine agitation. On avait déjà eu connaissance de la défaite des troupes de Von Hartung et deux bataillons bavarois, appuyés par un escadron de uhlans du Sleswig-Holstein s'apprêtaient à se mettre en route.

Wilhelm se dirigea aussitôt vers le quartier général.

Il n'eut qu'à faire passer un mot au général Von Steinmetz pour être aussitôt reçu.

Wilhelm était connu comme espion et ses services étaient très appréciés.

Dès qu'il fut en présence du général Von Steinmetz, il le mit aussitôt au courant de ce qui s'était passé. Il n'omit aucun détail, mais il oublia toutefois de dire qu'il s'était enfui avec cinquante soldats. Il se donna même le beau rôle en prétendant que c'était sur ses conseils, que les troupes qui restaient avaient pu se replier en bon ordre.

Le général l'écoutait avec attention.

Quand il eut fini de parler, Von Steinmetz le remercia et le pria d'attendre quelques instants.

Wilhelm demeura dans le bureau du général pendant près d'un quart d'heure.

Enfin, celui-ci reparut :

— Je viens, dit-il, de donner des ordres pour que des renforts plus importants que ceux que j'avais commandés se mettent aussitôt en route vers Thann.. Il faut que demain, cette ville soit reprise... C'est pour nous un terrible échec de voir les Français s'établir en Alsace... Après Mulhouse et Altkirch, nous leur avions coupé la route... ils ne doivent plus continuer à progresser... Je compte sur vous, Wilhelm, pour me tenir au courant de ce qui se passe... partez avec nos soldats... mais il faut quitter ces habits sordides... revêtez un uniforme et mettez-vous en route... Je vais prévenir le commandant de l'expédition et lui dire que vous lui servirez de guide.

Wilhelm était tout heureux de la confiance que lui témoignait le général.

Il triomphait...

Cette fois, les habitants de Thann étaient condamnés d'avance.

Les troupes étaient réunies, prêtes à partir, et le général Von Steinmetz tint lui-même à les passer en revue avant qu'elles se missent en route.

Chez l'Allemand, tout est parade et ostentation.

On a vu des troupes harassées, des troupes qui pouvaient à peine se traîner, retrouver soudain, toute leur énergie sous l'impulsion de leurs chefs, pour défiler au pas de parade, en entrant dans une ville.

Le général Von Steinmetz estimait que les soldats doivent être de vrais mannequins, prêts à tout et qu'il ne faut jamais se montrer humain envers eux.

Le troupier allemand doit avoir la crainte de son officier ; pour lui, ce n'est pas un homme, mais une sorte de demi-Dieu. Il est vrai que cette admiration stupide n'est peut-être pas partagée par tous les hommes, mais ils feignent de l'avoir et c'est le principal.

Le général Von Steinmetz parut très satisfait de la bonne tenue de ses hommes, et daigna même féliciter ses officiers.

Comme Wilhelm après avoir dépouillé l'affreuse défroque dont il était revêtu, venait de reparaître en uniforme, le général lui dit :

— Mon ami, vous êtes digne d'être sous-officier... un garçon aussi intelligent que vous ne peut demeurer simple soldat. A partir de ce jour, je vous fais *feldwebel* (1) et j'espère que vous saurez entretenir dans l'esprit de nos soldats cette discipline et cette décision que vous possédez à un aussi haut degré.

Wilhelm était au fond très flatté de monter aussi rapidement en grade, mais peut-être eût-il souhaité autre chose.

Le courage n'était point sa principale qualité. Il était de ces êtres lâches et sournois qui se plaisent à travailler dans l'ombre, mais qui ne se montrent guère brillants, sous le feu de l'ennemi.

Son nouveau grade l'obligeait à marcher avec les troupes, à combattre avec elles.

Quand il n'était que simple soldat, il pouvait encore, de temps à autre, au moment où les balles sifflaient par trop fort, se glisser prudemment en arrière de la colonne.

Maintenant, il devrait se tenir à droite du rang, affronter les charges les plus furieuses, encourager ses soldats de la voix et du geste.

Après avoir réfléchi pendant quelques instants, il dit au général Von Steinmetz :

(1) Sergent-major.

— Mon général, je vous remercie beaucoup...
la distinction dont je suis l'objet me touche infi-
niment, mais ne croyez-vous pas que je pourrais vous rendre plus de services en conservant
mon modeste grade.

— Ce n'est pas mon avis. Un simple soldat
dans l'armée allemande, n'existe pour ainsi dire
pas, c'est un grain de poussière perdu au milieu
des sables, tandis qu'un sous-officier à déjà droit
à quelque considération... il est en rapports di-
rects avec les chefs et à même le droit de prendre quelque initiative... Conservez votre grade,
Wilhelm... peut-être un jour, si vous savez vous
distinguer, parviendrez-vous à celui de sous-
lieutenant et même à celui de lieutenant. En
temps de guerre l'avancement est rapide pour
les braves comme vous.

Etait-ce une ironie ?

Von Steinmetz avait-il vraiment quelque es-
time pour ce misérable espion ?

Ne le flattait-il, au contraire, que dans l'uni-
que but de stimuler son zèle ?

Quoi qu'il en soit, Wilhelm était maintenant
sous-officier.

Nous allons voir ce qu'il va faire.

. . . .

. . . .

Après avoir passé ses troupes en revue, le
général Von Steinmetz fit appeler ses officiers
et leur donna des instructions.

Le plan qu'il leur traça était merveilleux et surtout des mieux combinés.

Il ne s'agissait que de le mettre à exécution.

Les Allemands sont surtout des théoriciens.

Sur le papier, ils sont incontestablement très forts, mais si, par malheur, leurs plans se trouvent déjoués par une complication quelconque, ils ne savent où donner de la tête.

Généralement, ils partent en formations compactes, avec des pièces d'artillerie lourde, des mortiers monstres et ils s'efforcent de faire une trouée.

Ils y réussissent parfois, mais quand ils se trouvent en face d'adversaires résolus qui parviennent à briser leurs attaques, alors, ils se trouvent tout à fait désemparés.

Ils sont incapables d'élaborer en quelques heures un nouveau plan de campagne et ils se livrent à toutes sortes de fantaisies militaires, plus inutiles les unes que les autres.

On l'a vu, au mois de septembre, quand nous leur avons opposé une offensive sur laquelle ils ne comptaient pas. Depuis, ils n'ont guère été brillants !

Lorsque le général eût donné ses ordres, les officiers vinrent rejoindre leurs troupes et le départ s'effectua au son des fifres et des tambours.

Bientôt, des voix sauvages entonnèrent le *Wacht am Rhein* et les soldats disparurent.

Quelques instants après leur départ, un biplan

s'éleva dans les airs, sembla chercher sa route et piqua droit vers le sud.

On voit que les Allemands étaient décidés à tout pour reprendre Thann.

Le Kaiser, qui était venu en Alsace quelques jours auparavant, avait prononcé devant ses troupes un long discours dans lequel il comptait, disait-il, sur la vaillance de ses soldats pour chasser d'Alsace la « méprisable petite armée française » qui avait eu l'audace de vouloir se mesurer avec lui.

Il avait aussi promis de nombreuses croix de fer, aussi les officiers étaient-ils résolus à tout, même aux pires atrocités, pour mériter les décorations du Kaiser.

Bien qu'il ne fût qu'un simple sous-officier, c'est-à-dire un rouage infime dans l'armée germanique, Wilhelm était désigné pour de sérieuses fonctions.

C'était lui qui devait guider les officiers, au moment où on approcherait de Thann, et leur indiquer les points les plus vulnérables de la petite cité alsacienne.

Nous passerons sur les étapes qui amenèrent enfin les Boches à proximité de cette ville.

Lorsqu'ils n'en furent plus qu'à cinq ou six kilomètres, l'artillerie s'établit sur les hauteurs dans un endroit merveilleusement abrité et commença le bombardement.

Les Allemands espéraient bien qu'en commençant le feu, ils forceraient les Français à leur répondre et alors, les grosses pièces d'artillerie lourde entreraient en danse.

Après une première rafale d'obus qui ne porta point, car le tir était trop court, les Boches s'apprêtaient à envoyer une nouvelle salve quand une pluie de projectiles s'abattit à cent mètres environ devant leurs pièces.

— Nous sommes repérés, dit un officier, c'est incompréhensible...

— Non, répondit un adjudant, c'est par pur hasard qu'ils envoient leurs obus juste dans notre direction.

Il n'avait pas achevé ces mots, qu'une nouvelle pluie de projectiles tombait un peu plus en avant et démolissait deux pièces allemandes.

L'endroit n'était plus tenable ; il fallait déguerpir. C'est ce que firent les Boches.

En quelques secondes, les canons furent raccrochés aux avant-trains et comme une avalanche, les batteries prussiennes dévalèrent une petite pente pour aller s'établir à un kilomètre plus loin.

C'était déjà un premier échec.

Décidément, cette maudite ville de Thann était bien défendue.

XV

MISSION PÉRILLEUSE

On s'étonnera peut-être de la facilité avec laquelle, les canons allemands avaient été repérés.

Comment avait-on pu les apercevoir ? Quel était celui qui avait indiqué leur emplacement aux Français ?

Nous le saurons bientôt.

Pour le moment, revenons auprès des artilleurs boches qui semblent, cette fois, remplis de confiance et sont certains de triompher.

Wilhelm, qui a plus que tout autre intérêt à ce que ses amis soient victorieux (il sait ce qui l'attend, en cas de défaite), se hasarde à donner quelques conseils au commandant de la batterie.

— Je crois, dit-il, que l'on ferait bien d'abattre le clocher de Thann, car c'est sûrement de là qu'on nous observe.

— C'était mon avis, répondit le commandant, mais j'avais cependant envie d'envoyer auparavant quelques obus sur les maisons de la ville pour montrer un peu à ces maudits Alsaciens l'effet de nos obus de 155... Après, nous démolirons l'église... cela était prévu... chaque fois que nous bombardons, nous rasons les églises...

— A mon humble avis, reprit Wilhelm, je crois que vous feriez bien de commencer par le clocher, rien ne vous empêchera après, de taper sur la ville... Je puis me tromper, mais j'ai dans l'idée qu'il y a des guetteurs dans le clocher...

— Même s'il y avait des guetteurs, comment voulez-vous qu'ils nous aperçoivent, dissimulés comme nous le sommes. Pour moi, on ne m'ôtera pas de l'idée que, tout à l'heure, les Français ont tiré au hasard, il arrive souvent qu'ils lancent des projectiles sans but, dans l'espoir de démolir peut-être quelque chose... c'est ce qu'on appelle l'arrosage, et cela réussit parfois, vous le voyez.

L'espion n'était pas convaincu.

Il n'avait que de très faibles notions d'artillerie, mais il lui semblait bien étonnant tout de même, que les canons ennemis aient pu, du premier coup, frapper aussi juste.

Il flairait un mystère.

Au fond, est-il besoin de le dire, l'espion n'était pas plus tranquille que cela.

Il se méfiait d'une surprise, et ce qu'il redoutait surtout, c'était un mouvement enveloppant...

Il ne se dissimulait pas que s'il était fait prisonnier avec les troupes auxquelles il appartenait, personne ne lui ferait grâce.

Le premier que l'on fusillerait, ce serait lui.

. . . .

Le commandant fit de nouveau pointer les pièces.

A peine avait-il fait tirer deux salves, que sa batterie fut encore une fois repérée.

C'était à n'y rien comprendre.

Il crut, un moment, qu'un aéro planant très haut dans le ciel suivait tous ses mouvements, mais il fut obligé de reconnaître qu'il se trompait.

Il entra alors dans une indescriptible fureur.

Cependant, comme les obus français menaçaient de détruire toutes ses pièces, il fut encore obligé de s'enfuir.

Cette fois, ce fut presque une déroute.

L'attaque s'annonçait mal.

Quel était l'être invisible qui pouvait ainsi renseigner les artilleurs de France ?

Si les Allemands avaient été plus perspicaces, peut-être eussent-ils remarqué que, là-bas, dans la plaine, un cheval blanc qui semblait retenu à un piquet changeait fréquemment de place.

La première fois qu'ils avaient mis en batterie, le même cheval se trouvait en face d'eux... maintenant, bien qu'ils se fussent déplacés d'un kilomètre environ, il était encore devant les batteries.

Ce fut Wilhelm qui, le premier, remarqua l'animal.

— C'est bizarre, dit-il.

Et il fit part de ses craintes au commandant.

— Nous allons bien voir, répondit ce dernier.

Il changea encore de position, mais, cette fois, le cheval blanc demeura au même endroit.

Par contre, un paysan que le bruit du canon ne semblait guère émouvoir, continuait à piocher la terre avec ardeur.

Le commandant commença à s'inquiéter.

— Cet homme qui demeure ainsi devant nous, dit-il, est sans doute quelque espion... Je veux qu'on me l'amène.

Et il commanda aussitôt dix hommes qui se lancèrent dans la plaine pour appréhender le paysan, mais sans que l'on pût s'expliquer comment, lorsqu'ils arrivèrent, l'homme avait disparu.

Comment avait-il réussi à s'enfuir sans qu'on s'en aperçût ?

Cela demeurait un mystère.

Les soldats revinrent tout penauds et le commandant, furieux, les traita comme les officiers allemands ont l'habitude de traiter leurs hommes.

Dans sa colère, il en gifla même quelques-uns.

Après s'être concerté avec le colonel, il s'obstina, malgré tout, à mettre en batterie, persuadé sans doute, qu'il allait imposer silence aux batteries françaises.

Le seul résultat qu'il obtint, fut de se faire démolir quatre pièces.

Dès lors, sur les conseils de ses chefs, il n'insista plus.

Wilhelm, malgré tout le flair qu'il croyait avoir, ne parvint pas, lui non plus, à découvrir ceux qui renseignaient l'ennemi.

Les Allemands changèrent de tactique.

Après avoir dissimulé leur artillerie derrière un bois situé en contre-bas, ils lancèrent sur la route de Thann un régiment de Bavarois, deux compagnies de Wurtembergeois et deux escadrons de uhlans.

Ces forces, relativement considérables, étaient appuyées par une batterie d'artillerie légère et une section de mitrailleuses.

Les grosses pièces demeurées dans le bois ne devaient entrer en action que plus tard.

Wilhelm était parmi ceux qui allaient participer à l'attaque de Thann.

Il marchait en serre-file, avec le régiment bavarois qui avait pris la tête du groupe.

Bientôt, il serait aux prises avec les soldats français.

Cette perspective ne lui souriait guère.

Il eût préféré, sous un travestissement quelconque, continuer son métier d'espion.

Wilhelm n'était pas de ces hommes héroïques qui recherchent les dangers.

Il préférait travailler dans l'ombre ; ce n'est certes pas lui qui eût risqué sa vie pour recevoir la croix de fer, de la main de l'Empereur.

Maintenant, il était forcé de marcher, d'aller de l'avant.

Il n'y avait pas à reculer.

Ah ! il est certain qu'il devait, à ce moment, regretter la paisible petite maison du vieil instituteur de Thann !

Finis, les beaux jours !

Il allait apprendre enfin ce qu'il en coûte de jouer un jeu louche dans lequel on finit d'abord par perdre l'honneur, puis, la vie.

. . . .

Arrivés à un kilomètre de Thann, les Allemands s'arrêtèrent, étonnés qu'on les eût laissés avancer.

Aussitôt, ils se méfièrent.

Cela n'était pas naturel.

Les officiers firent cacher leurs hommes dans un bois, et envoyèrent en reconnaissance un petit détachement de Bavarois.

Comme Wilhelm était celui qui connaissait le mieux la région, puisqu'il l'avait habitée, il fit, à son grand déplaisir, partie de cette reconnaissance.

Chargé de guider les soldats, il les dirigea vers

la maison du vieillard dont nous avons déjà parlé.

Wilhelm estimait qu'il serait ainsi renseigné sans trop s'exposer.

Le vieil ermite de la forêt devait certainement savoir quelque chose.

Il connaissait tout au moins l'emplacement des troupes françaises.

XVI

UN COUP DE THÉATRE

L'ami de Wilhelm, ou plutôt son complice, car je doute qu'il puisse existe quelque amitié entre ceux qui font métier d'espion, habitait, nous l'avons dit, une misérable bicoque qu'il avait réparée tant bien que mal et où il s'était installé un beau jour sans que l'on sût d'où il venait.

C'était au physique, un grand vieillard sec, ridé, auquel il était impossible de donner d'âge.

Il pouvait avoir soixante ans... peut-être quatre-vingts. Encore robuste malgré son dos voûté et ses jambes torses, il donnait l'impression d'un homme énergique dont la vieillesse n'avait pas éteint l'ardeur et l'énergie.

Dès le début de la guerre, les Allemands avaient utilisé ses services.

Etait-il venu s'offrir à eux ?... L'avait-on forcé ?
Nul n'aurait pu le dire.

Ce qu'il y a de certain, c'est que Wilhelm avait
été un jour avisé par le chef de l'espionnage de
Colmar, qu'il pouvait se fier à Karl Schnurrer et
se servir de lui pour tout ce qui avait trait au service de renseignements.

Schnurrer n'avait jamais donné des renseignements bien sérieux, mais il avait, en maintes cir-
constances, depuis le début des hostilités, mis
les ennemis au courant de ce qui se passait aux
environs de Thann.

Le vieillard faisait sans doute, pour quelque
argent, ce métier méprisable qui consiste à écouter ce que l'on dit, à noter ce que l'on voit, à
trahir ceux qui ont eu confiance en vous.

. . . .

Lorsque Wilhelm, accompagné des soldats, bavarois dont il était maintenant le chef, arriva près
de la cabane de Schnurrer, celui-ci était debout
devant sa porte, soufflant, haletant, comme s'il
venait de fournir une longue course.

Il ne parut pas surpris en apercevant son ami.

— Schnurrer, lui dit Wilhelm, il s'agit de nous
rendre un grand service.

— Je suis à vos ordres, répondit le vieillard en
s'inclinant devant le sous-officier boche.

— Voici... On m'a envoyé ici en reconnaissance
afin de savoir où se trouvent exactement les

troupes françaises... j'ai pensé que tu pourrais me renseigner...

— Les troupes françaises ?... Je ne sais où elles se cachent. Depuis hier, je n'ai pas vu un seul pantalon rouge.

— Il faudrait cependant les découvrir... ordre du commandant... mets-toi aussitôt en campagne. Je vais t'attendre ici.

Le vieillard ne sourcilla point.

Il eût pu dire à Wilhelm :

— Pourquoi ne fais-tu pas ton métier ? Puisque tu diriges une reconnaissance, c'est à toi de te renseigner.

Cependant, il ne fit aucune objection.

— C'est bien, dit-il... Attendez-moi là... Je vais tâcher de me renseigner.

Il parut s'orienter et disparut presque aussitôt.

Quand il fut parti, Wilhelm fit entrer dans la maison, les soldats qui l'accompagnaient, ce que les bons Bavarois firent avec empressement, car ils ne se souciaient guère de s'exposer au feu des soldats français.

Pour s'excuser de son manque d'audace, Wilhelm leur dit :

— Mes amis, le rôle d'un bon sous-officier est d'exposer le moins possible les hommes qu'on lui confie. Il doit au contraire veiller sur eux, et s'il trouve une occasion de se renseigner sans coup férir, il ne doit pas hésiter une seconde.

Les soldats étaient, eux aussi, de cet avis.

Ils s'assirent sur le sol dans la bicoque du vieillard et attendirent patiemment.

Wilhelm, demeuré devant la porte, jetait de temps à autre un regard au dehors.

Il attendit longtemps et il commençait déjà à s'impatienter, quand le vieillard reparut.

— Eh bien ? demanda Wilhelm anxieux.

— Les Français sont loin d'ici.

L'espion respira.

— Toutefois, reprit le vieillard, vous ne pouvez repartir immédiatement, car une trentaine de chasseurs à pied occupent le petit chemin qui conduit à la route... il faut attendre qu'ils aient disparu.

— Nous attendrons, fit Wilhelm d'un air résigné.

— D'ailleurs, ajouta le bonhomme, je vais avoir l'œil sur eux... dès qu'ils se seront retirés, je vous préviendrai.

Un quart d'heure s'écoula, puis le vieillard sortit de nouveau.

— Je vais voir s'ils sont toujours là, dit-il.

Wilhelm, par précaution, rentra dans la maison.

Que pouvait-il craindre ?

Il connaissait Schnurrer ; celui-ci était un agent dévoué de l'Allemagne et il ferait tout pour mériter les félicitations de ses supérieurs.

Cependant, les minutes passaient, et le vieillard ne revenait pas.

Une idée surgit dans le cerveau de Wilhelm.

Si le vieillard avait été fait prisonnier t

Mais il se sentit bientôt rassuré... Il y eut un bruit de pas et Schnurrer reparut.

— Ne bougez pas, dit-il... ils me suivent.

— Les soldats français ?

— Oui...

— Apprêtons-nous à nous défendre, s'écria Wilhelm en se tournant vers les Bavarois.

Mais le vieillard eut un geste de découragement.

— C'est inutile, murmura-t-il, car ils sont trop nombreux... maintenant, attendons... il est possible qu'ils ne viennent pas jusqu'ici...

— Voyons, expliquez-vous, que s'est-il passé ?

— Voici... je m'étais glissé dans un fourré pour éviter des chasseurs qui venaient de mon côté, mais ils m'avaient aperçu... L'un d'eux s'est détaché du groupe, m'a forcé à sortir de ma cachette en me menaçant de son fusil, puis il m'a demandé ce que je faisais là et pourquoi je cherchais à me dissimuler. J'ai répondu, sans me troubler, mais il faut croire que je leur ai paru suspect. Pourtant, ils m'ont laissé partir. Je croyais bien qu'ils m'avaient perdu de vue, mais non... Ils m'avaient suivi... au moment où j'allais entrer ici, je les ai de nouveau aperçus...

Wilhelm et les soldats bavarois qui l'accompagnaient, comprirent qu'ils étaient perdus.

Ils attendaient haletants, frissonnant au moindre bruit.

Le vieillard semblait très calme. On eût dit qu'il ne redoutait rien.

— Les voici, fit-il tout à coup.

En effet, des pas lourds martelaient le sol à quelques mètres de la bicoque. Bientôt, les chasseurs à pied se montrèrent. Ils étaient une quarantaine environ.

L'officier qui les commandait n'était autre que le lieutenant Tschieret que nous connaissons déjà.

En l'apercevant, Wilhelm le mit en joue, mais une main fit dévier le canon de son revolver et la balle destinée à l'officier français alla frapper la muraille.

Celui qui venait de sauver la vie au lieutenant Tschieret n'était autre que Karl Schnurrer, le vieillard mystérieux que l'on a pris certainement pour le complice de Wilhelm.

Ce dernier demeurait anéanti, ne comprenant plus rien à ce revirement subit de la part de celui qu'il considérait comme son ami.

En un clin d'œil, l'espion et les soldats bavarois furent mis dans l'impossibilité de nuire.

Tous, sauf Wilhelm qui se sentait perdu, se laissèrent désarmer sans résistance.

Impassible, le vieillard assistait à cette scène.

Comme Wilhelm, au comble de l'exaspération,
le fixait d'un air furieux, Schnurrer eut un sourire méprisant.

— En route, commanda le lieutenant Tschieret en poussant devant lui Wilhelm auquel on
avait mis les menottes.

Puis, s'adressant au vieillard :

— Père Schnurrer, nous comptons sur vous,
pour repérer les batteries allemandes.

— Soyez tranquille, lieutenant, répondit le
bonhomme, je continue à veiller.

XVII

PRIS AU PIÈGE

Quel était ce mystérieux vieillard ? Comment était-il devenu subitement l'allié des soldats français, lui que l'on croyait dévoué aux Prussiens.

Quelques lignes d'explications sont ici nécessaires.

Karl Schnurrer n'était pas Allemand. C'était un Alsacien de pure race que des aventures malheureuses avaient un jour éloigné de son pays. En un mot, Schnurrer était un ancien braconnier qui, dans sa jeunesse, avait tué un garde forestier.

Ce crime acocmpli, le meurtrier s'était enfui.

Où était-il allé ? Personne n'en sut jamais rien.

Pendant près de quarante ans, il vécut loin de son pays...

Un jour, il y revint. Personne ne le reconnais-
sait. On le prit pour un pauvre chemineau et
comme les gens d'Alsace sont bons et secourables,
on lui donna quelques vêtements et le maire lui
permit de s'établir dans la bicoque abandonnée
où nous l'avons trouvé

Seul, un homme connaissait le passé de
Schnurrer et cet homme, c'était l'abbé Stoffel.

On voyait parfois le vieux prêtre s'entretenir
dans les bois avec l'ermite et l'on disait : Du moment que l'abbé Stoffel cause si souvent avec le
vieux (c'est ainsi que l'on désignait Schnurrer),
c'est probablement parce qu'il essaie de le con-
vertir...

Un jour, — c'était au lendemain de la déclaration de guerre, — on vit même le digne maire de
Thann, M. Oberlé, s'entretenir longuement avec le
père Schnurrer.

Quand le maire rentra dans la ville, comme
quelqu'un s'étonnait que l'on ne surveillât point
l'ermite, le maire répondit :

— Ne craignez rien... cet homme est un bon
Français...

On vient de voir, par ce qui précède, que
M. Oberlé avait vu juste.

Oui, Schnurrer était un bon Français, et la
meilleure preuve, c'est qu'il venait de livrer l'espion Wilhelm aux soldats.

Le bonhomme avait merveilleusement manœu-
vré. Il avait su capter la confiance de Wilhelm

qui l'avait bientôt mis en rapports avec le chef de l'espionnage allemand.

Schnurrer avait joué son rôle avec adresse. C'était lui qui avait informé le maire du départ de Wilhelm pour Colmar, ce que le lieutenant Tschieret savait déjà d'ailleurs, puisque Fritz et Jacques avaient su, eux aussi, dépister l'espion.

C'était lui également qui avait indiqué aux guetteurs français postés dans le clocher de l'église Saint-Tiébault l'emplacement des batteries allemandes.

Pour renseigner les Français, il procédait de la façon suivante. Il se servait tout simplement d'un cheval.

Dès qu'il voyait les artilleurs s'installant sur une crête, il allait détacher l'animal qui était au pâturage et le plaçait juste en face des batteries allemandes.

Comme le cheval était blanc et se détachait de très loin sur l'herbe verte, les canons français avaient beau jeu.

Après le départ des chasseurs, il continua, au péril de sa vie, à renseigner les guetteurs en observation dans le clocher de Thann, de sorte que l'artillerie prussienne ne tarda pas à être en partie détruite.

Dès lors, la tâche fut facile.

Nos braves chasseurs alpins, appuyés par les soldats du 42ᵉ, infligèrent aux Boches une sanglante défaite.

La ville de Thann était encore une fois sauvée, nos troupes qui venaient de recevoir des renforts continuèrent à progresser.

Ah ! si l'espion Wilhelm eût pu prévoir la tournure que prendraient les événements, il est certain qu'il eût renoncé à offrir ses services à l'armée allemande, mais il était tellement persuadé, comme tous les Boches, d'ailleurs, que la France ne résisterait pas à l'invasion, qu'il s'était aussitôt rangé du côté de ceux qu'il supposait les plus forts.

Maintenant, il allait apprendre à ses dépens, ce qu'il en coûte de trahir des braves gens.

Il était sorti de Thann, la tête haute, salué par les bons Alsaciens qui croyaient réellement que le misérable allait se mettre au service de la France...

Il rentrait dans la petite ville alsacienne, enchaîné comme un malfaiteur !

. . . .

. . . .

. . . .

Il fut d'abord conduit à la mairie.

Quant aux soldats bavarois qui l'accompagnaient, on les relégua dans une grange. Ceux-là étaient de simples prisonniers de guerre... Ils seraient gardés en France jusqu'à la fin des hostilités.

Wilhelm, lui, serait jugé et fusillé...

Pourtant, le misérable conservait encore quelque espoir.

Il se figurait peut-être que quelqu'un intercéderait pour lui.

Devant le maire qui l'avait connu, qui avait eu pour lui toutes les bontés, il essaya de se disculper, cherchant des excuses piteuses...

Sa défense était navrante et pourtant le misérable persistait dans ses affirmations...

Il prétendait qu'au moment où il se rendait à Belfort pour s'engager dans l'armée française, il avait été arrêté à la frontière par des agents allemands déguisés, qui, malgré ses protestations et une vigoureuse résistance, l'avaient entraîné à Mulhouse. Là, on l'avait menacé de le mettre à mort s'il ne consentait pas à contracter un engagement dans l'armée du Kaiser.

Il avait bien été obligé de se soumettre ; toutefois, il n'avait qu'un but, qu'une idée : fausser compagnie aux Allemands aussitôt qu'il le pourrait...

Comme le maire de Thann lui faisait observer que les occasions ne lui avaient pas manqué pour mettre ce projet à exécution, il ne trouva rien à répondre.

— Vous êtes un misérable, lui dit M. Oberlé.

. . . .

Wilhelm avait été enfermé dans une petite pièce qui prenait jour par une lucarne. Deux ha-

bitants de Thann montaient la garde à la porte
de sa prison.

Le bandit était bien gardé, car, parmi ses geô-
liers, il y avait Hans, le forgeron, un gaillard qui
ne plaisantait point sur la question de patriotisme.

Le traître devait être, pour la forme, jugé le
lendemain par un tribunal composé d'un capitaine et de deux lieutenants.

Pendant qu'il se morfond dans sa prison, la
ville de Thann est en fête.

Des guirlandes tricolores se balancent aux fenêtres ; les trois couleurs claquent doucement sous
la brise.

Les vieux ont revêtu leurs habits du dimanche,
les femmes leurs plus beaux atours.

Des cris joyeux, des vivats s'élèvent de toutes
parts, coupés de temps à autre, par les mâles
accents de la *Marseillaise*.

Le père Muller est plus enthousiaste que les
autres ; son rêve est enfin exaucé : l'Alsace est
redevenue française.

Il circule dans les groupes, serrant avec joie
les mains qui se tendent vers lui.

Fritz et Jacques, les courageux gosses qui ont
si vaillamment contribué au triomphe de nos
armées, ne quittent plus le vieil instituteur.

Quant au lieutenant Tschieret, il s'était porté

sur la route, avec son détachement, afin de s'opposer à une nouvelle offensive des Boches.

Ceux-ci étaient maintenant bien calmes.

Après la défaite que les nôtres leur avaient infligée, ils se tenaient prudemment à l'écart en attendant de nouveaux renforts qu'ils avaient demandés par télégraphe.

Tant qu'ils ne seraient pas en nombre, ils ne tenteraient rien.

XVIII

L'ÉTOILE DES BRAVES

Les Allemands n'opèrent que lorsqu'ils sont en force.

Pour attaquer, il faut qu'ils se sentent en nombre, qu'ils se tiennent les coudes, comme on dit.

Ils étaient néanmoins résolus à tenter une nouvelle attaque.

Après avoir installé un poste de télégraphie sans fil, ils demandèrent des instructions au général von Steinmetz, en le mettant au courant de ce qui venait de se passer.

La réponse ne se fit pas attendre.

Le général répondit que l'effectif dirigé sur Thann était assez fort pour s'emparer de cette ville.

L'attaque fut donc décidée.

Elle fut violente et sauvage, mais les mitrailleuses de nos alpins, et nos bonnes pièces de 75, ne tardèrent pas à avoir raison des Boches.

D'ailleurs, l'Allemand se décourage vite. Il part plein d'ardeur, plein de confiance, mais quand il voit que ses efforts sont vains, il ne résiste plus que mollement.

Le lieutenant Tschieret, admirablement secondé par les soldats du 42° et d'une batterie du 32° d'artillerie, réduisit au silence les grosses pièces allemandes.

Pour les soldats du Kaiser, ce fut un vrai désastre.

Après avoir été battus à Dannemarie et à Steinbach, ils se virent anéantis aux abords de Thann.

L'Alsace leur échappait !

Le Kaiser allait entrer dans une épouvantable fureur. L'aigle impériale se déplumait peu à peu !...

. . . .

. . . .

. . . .

Le héros de cette journée était le lieutenant Tschieret.

Le général Charlet, commandant la place de Belfort, tint à venir lui-même récompenser ce héros.

Il arriva en automobile, accompagné de son état-major, et la ville de Thann vit se dérouler une cérémonie grandiose.

Sur la grande place du village, les troupes furent rassemblées.

Le général, en grande tenue, s'avança au milieu des soldats.

Aussitôt, tambours et clairons ouvrirent le ban et l'on vit le lieutenant Tschieret, encadré de deux capitaines d'état-major, s'avancer vers le général.

Celui-ci tira son épée et, saluant d'un geste large le drapeau français, prononça ces paroles :

— Lieutenant Tschieret, vous vous êtes particulièrement distingué... vous avez fait preuve d'un courage et d'une décision remarquables.

« Avec des troupes inférieures en nombre, vous avez anéanti des forces trois fois supérieures aux vôtres.

« Grâce à vous, la ville de Thann est maintenant française...

« Lieutenant Tschieret, au nom du Président de la République, et en vertu des pouvoirs qui m'ont été conférés, je vous fais chevalier de la Légion d'honneur.

S'approchant alors du lieutenant, le général Charlet épingla sur sa poitrine la croix des braves, et lui donna l'accolade en disant :

— Je suis heureux de récompenser un fils d'Alsace... Vous êtes de Thann... Rien ne pouvait être plus glorieux pour vous que de recevoir, sur la place même de votre ville natale, la plus belle des distinctions. La guerre n'est pas encore finie, bien que l'ennemi soit déjà affaibli, et qu'il brûle ses dernières cartouches. Continuez à combattre aussi vaillamment que vous l'avez fait jusqu'alors, la France vous en sera reconnaissante.

Il y eut encore un ban d'honneur, puis les troupes défilèrent, aux mâles accents de *Sambre-et-Meuse*.

De la fenêtre de sa maison, Madeleine avait assisté à la cérémonie.

Elle avait vu le général épingler sur la poitrine de Marcel le glorieux ruban rouge.

Elle était en proie à une de ces émotions, que rien ne peut surpasser.

Elle était heureuse et fière en même temps, mais une affreuse angoisse lui poignait le cœur.

Elle songeait à l'autre, au misérable qui avait failli jeter l'opprobre sur la maison de son père, et elle estimait qu'elle serait indigne d'appartenir à Marcel, tant qu'elle n'aurait pas tiré vengeance du traître Wilhelm...

Tout à coup, ses regards rencontrèrent ceux du jeune lieutenant, qui passait fièrement sur la place, à la tête de ses soldats.

Elle ressentit un choc au cœur, et ses yeux s'emplirent de larmes.

XIX

LE CHATIMENT

La cérémonie terminée, le lieutenant Tschieret était venu retrouver Madeleine.

Pour bien prouver à la jeune fille qu'il tenait son serment, l'officier avait voulu passer la soirée chez le père Muller.

Le dîner, auquel assistaient l'abbé Stoffel, M. Oberlé, Fritz et Jacques, Hans, le forgeron, et deux officiers français, fut des plus animés !

Le vieil instituteur avait pavoisé sa maison, et quand vint la nuit, des lampions tricolores se balancèrent aux fenêtres.

Ceux qui passaient devant la demeure du brave homme, poussaient des vivats, auxquels les convives répondaient par les cris de « Vive la France !... Vive l'Alsace française ! »

Ce fut une soirée délicieuse.

La fête terminée, si toutefois on peut donner le nom de fête à cette manifestation patriotique, les lumières s'éteignirent une à une, et l'ombre ne tarda pas à envahir la petite cité alsacienne.

Le père Muller, après être demeuré quelques instants avec sa fille, était monté se coucher.

Assise dans la salle à manger, toutes portes closes, Madeleine songeait.

Elle songeait au lieutenant Tschieret, et une sorte de honte la prenait tout à coup.

Une image maudite, celle de l'autre, lui venait aussitôt à l'esprit.

Il lui semblait qu'il y avait comme une tache sur sa vie, une tache que rien ne pourrait effacer.

. . . .

. . . .

Elle s'apprêtait à monter à sa chambre ; déjà, elle avait pris sa lampe et s'engageait dans le petit escalier de bois qui conduisait au premier étage, lorsqu'elle entendit, au dehors, des pas précipités.

Presque au même instant, on frappa à la porte.

Surprise, Madeleine demeura debout, hésitant à ouvrir...

Comme les coups redoublaient, le père Muller descendit.

Alors, elle se décida à ouvrir, croyant que c'était Fritz ou Jacques qui venaient annoncer quelque chose au vieil instituteur.

Un homme fit irruption dans la pièce.

Cet homme, c'était Wilhelm !

Le misérable avait réussi à s'échapper, et il avait l'audace de venir demander asile à ceux qu'il avait trahis.

— Sauvez-moi !... Sauvez-moi !... bégayait-il, d'une voix tremblante.

« Ils sont à ma poursuite, ils vont me prendre pour me fusiller...

— Sortez d'ici ! s'écria le père Muller... Sortez d'ici, misérable !...

Les lâches ont toutes les audaces.

Wilhelm, pâle comme un mort, se traînait en gémissant, aux pieds de Madeleine, en répétant :

— Sauvez-moi... sauvez-moi, je vous en prie... Je vous expliquerai tout... Je ne suis pas ce que vous croyez...

Fritz et Jacques, qui venaient d'arriver, assistaient, impassibles, à ce triste spectacle...

Madeleine se dirigea vers un petit meuble qui se trouvait dans la salle à manger, ouvrit un tiroir et y prit un revolver, qu'elle tendit à Wilhelm en disant :

— Tenez... vous savez ce qu'il vous reste à faire...

« Je consens encore à vous éviter la honte suprême... Tuez-vous !

Mais l'espion, lâche comme tous ses semblables, laissa tomber l'arme que la jeune fille lui offrait.

Wilhelm s'était dressé, implorant celle qu'il avait odieusement trompée.

— Pardon !... pardon !... balbutia-t-il.

Il eut l'audace de s'approcher de Madeleine ; il voulut lui saisir les mains, mais la jeune Alsacienne recula de quelques pas, et pressa la détente de son revolver.

Atteint en pleine poitrine, le traître s'effondra comme une masse, pendant que Madeleine, effrayée de l'acte qu'elle venait de commettre, se cachait le visage de ses mains.

Soudain, elle sentit qu'une main prenait la sienne, en même temps qu'une voix lui murmurait à l'oreille :

— Ne regrettez rien, Madeleine... En tuant cet homme, vous avez fait justice... Vous avez prouvé que vous étiez une vraie Française...

Celui qui lui parlait était le lieutenant Tschieret.

Le passé douloureux qui subsistait entre les deux amants s'était à jamais évanoui.

Le père Muller s'avança et, prenant la main de l'officier :

— Mon fils, lui dit-il, c'est moi qui avais introduit ici cet espion... Je croyais qu'il était comme nous un fils d'Alsace... J'ai été victime de ma confiance, et je l'ai payé cher... Oublions tout, mon ami... Ne songeons plus qu'à une chose : chasser définitivement l'ennemi de notre territoire, et quand cette noble tâche sera accomplie, si vous voulez revenir ici, cette maison sera la vôtre...

Pour toute réponse, le lieutenant déposa sur le front de Madeleine, un baiser dans lequel il mit toute son âme...

Deux cœurs d'Alsace étaient réunis à jamais !..

FIN

Volumes à paraître dans

LE PETIT LIVRE

LE SANG DES ROSES

Par Paul de COMÈNE

ENTRE FLOTS ET FLAMMES

Par Raoul NIZARD

AMOUREUSE

Par Margot TAUBER

LA FAUVETTE DES TRANCHÉES

Par Jean de LA HIRE

Etc., etc.

Le volume de **128** pages : **20** centimes.

LE PETIT LIVRE

OUVRAGES PARUS

LE PETIT LIVRE

OUVRAGES PARUS (Suite)

Sceaux. — Imp. Charaire.

J. FERENCZY. Éditeur.   SCEAUX. — IMP. CHARAIRE.